AF606087
NOVELA

NOCHES BLANCAS

Fiódor Dostoievski

- COLECCIÓN MILANO -

NOVELA

COLECCIÓN MILANO - NOVELA

Traducción: Aliar Ediciones
Diseño de cubierta y maquetación: Aliar Ediciones

Depósito Legal: GR 834-2024
ISBN: 978-84-10374-20-1

Impreso en España

Edita ALIAR Ediciones
www.aliarediciones.es
info@aliarediciones.es

«¡Dios mío, todo un momento de felicidad! ¿Es eso demasiado poco para toda la vida de un hombre?».

NOCHES BLANCAS

Fiódor Dostoievski

- COLECCIÓN MILANO -

NOVELA

PRIMERA NOCHE

Fue una noche maravillosa, una noche que solo es posible cuando somos jóvenes, querido lector. El cielo estaba tan estrellado, tan brillante, que al mirarlo uno no podía evitar preguntarse si bajo un cielo así podían vivir personas malhumoradas y caprichosas. Esa también es una pregunta de juventud, querido lector, de alguien muy joven, ¡pero que el Señor la ponga más frecuentemente en tu corazón!... Hablando de gente caprichosa y de mal humor, no puedo dejar de recordar mi buena condición moral durante todo aquel día. Desde primera hora de la mañana me había sentido oprimido por un extraño desaliento. De repente me pareció que estaba solo, que todos me abandonaban y se alejaban de mí. Por supuesto, cualquiera tiene derecho a preguntar quiénes fueron «todos». Porque, aunque llevaba casi ocho años viviendo en San Petersburgo, apenas conocía a nadie. ¿Pero para qué quería yo tener conocidos? Conocía todo San Petersburgo; por eso sentí que todos me abandonaban cuando todo San Petersburgo hizo las maletas y se fue a su villa de verano. Tenía miedo de quedarme solo y durante tres días vagué por la ciudad profundamente abatido, sin saber qué hacer. Tanto si paseaba por la Nevsky como si iba a los jardines o paseaba por el terraplén, no había ni una sola cara de aquellas con las que estaba acostumbrado a encontrarme en el mismo momento y en el mismo lugar durante todo el año. Ellos, por supuesto, no me conocen, pero yo sí los conozco. Los conozco íntimamente, casi he estudiado sus rostros, y me alegro cuando están alegres y abatido cuando están tristes. Casi había entablado amistad con un anciano con quien me encontraba todos los benditos días, a la misma hora, en Fontanka. Qué rostro tan grave y pensativo; siempre estaba susurrando para sí mismo y blandiendo su brazo izquierdo, mientras en su mano derecha sostenía un bastón largo y nudoso con un puño de oro. Incluso se fijaba en mí y se interesaba cálidamente por mí. Si no me encontraba en ese momento determinado en el mismo lugar de Fontanka, estoy seguro de que se sentiría decepcionado. Por eso algunas veces casi nos saludábamos, sobre todo cuando ambos estábamos de buen humor. El otro día, cuando llevábamos dos días sin vernos y nos encontramos al tercero, casi nos llevamos la mano al sombrero, pero, al darnos cuenta a tiempo, dejamos caer las manos y nos cruzamos con mirada de interés.

Yo también conozco las casas. Mientras camino, parece que corren por las calles para mirarme desde todas las ventanas y casi decirme: «¡Buenos días! ¿Cómo estás? Yo estoy bastante bien, gracias a Dios, y voy a tener un nuevo piso en mayo». O: «¿Cómo estás? Mañana me redecorarán». O: «Casi me quemo y tuve mucho miedo». Tengo mis favoritas entre ellas, algunas son queridas amigas. Una de ellas pretende ser tratada por el arquitecto este verano. Iré todos los días a propósito para que la operación no sea un fracaso. ¡Dios no lo quiera! Nunca olvidaré un incidente con una casita muy bonita de color rosa claro. Era una casita de piedra encantadora, me miraba con tanta hospitalidad y observaba con tanto orgullo a sus desgarbadas vecinas que mi corazón se regocijaba cada vez que pasaba por delante. De repente la semana pasada caminaba por la calle y cuando miré a mi amiga escuché un quejido: «¡Me están pintando de amarillo! ¡Los villanos! ¡Los bárbaros!». No habían perdonado nada, ni columnas ni cornisas, y mi pobre amiguita estaba amarilla como un canario. Casi me puse bilioso. Y hasta el día de hoy no he tenido el valor de visitar a mi pobre amiga desfigurada, pintada del color del Celeste Imperio.

Ahora ya comprenderás, lector, en qué sentido conozco todo San Petersburgo.

Ya he mencionado que estuve preocupado durante tres días enteros antes de adivinar la causa de mi inquietud. Me sentía incómodo en la calle —este se había ido y aquel se había ido, ¿y qué había sido del otro?—, y en casa tampoco me sentía yo mismo. Durante dos noches estuve devanándome los sesos para pensar qué andaba mal en mi rincón, por qué me sentía tan incómodo con eso. Y, perplejo, escudriñé mis sucias paredes verdes, mi techo cubierto por telarañas, cuyo crecimiento Matryona había fomentado con tanto éxito. Miré todos mis muebles, examiné cada silla, preguntándome si el problema estaría ahí (porque si una silla no está en la misma posición que el día anterior entonces yo no soy yo). Miré por la ventana, pero todo fue en vano... ¡No me sentí ni un poco mejor por ello! Incluso se me ocurrió llamar a Matryona y darle algunas advertencias paternales sobre las telarañas y la falta de limpieza en general; pero ella simplemente me miró asombrada y se fue sin decir una palabra, de modo que las telarañas siguen cómodamente suspendidas en su lugar hasta el día de hoy. Solo esta mañana por fin me di cuenta de lo que estaba mal. ¡Ay! ¡Vaya, me están dejando y se van a sus villas de verano! Perdón por la trivialidad de la expresión, pero no estoy de humor para lenguaje fino... porque todo lo que había estado en Petersburgo se había ido o se iba a ir de vacaciones. Todo caballero respetable y de aspecto digno que tomaba un taxi se transformaba inmediatamente, a mis ojos, en un respetable cabeza de familia que, una vez terminadas sus tareas diarias, se dirigía al seno de su familia, a la villa de verano. Todos los transeúntes tenían ahora un aire bastante peculiar que parecía decir a todos los que se encontraban: «Estamos aquí solo por el momento, señores, dentro de dos horas nos vamos a la villa de verano». Si una ventana se abría después de que unos dedos delicados, blancos como la nieve, golpearan el cristal, y aparecía la cabeza de una muchacha bonita que llamaba a un vendedor ambulante con macetas de flores, en el acto me imaginaba que aquellas flores se compraban no para disfrutar de ellas y la primavera en los sofocantes alojamientos de la ciudad, sino porque muy pronto todos se mudarían al campo y podrían llevarse las flores consigo. Es más, hice tales progresos en mi nuevo y peculiar tipo de investigación que pude distinguir correctamente, por el simple aire de cada uno, en qué tipo de villa de verano vivían. Los habitantes de las islas Kamenny y Aptekarsky o de la carretera de Peterhof se caracterizaban por la estudiada elegancia de sus modales, sus elegantes trajes de verano y los elegantes carruajes en los que viajaban a la ciudad. Los visitantes de Pargolovo y de lugares más lejanos impresionaban a primera vista por su aire razonable y digno. El viajero a la isla Krestovsky se podía reconocer por su expresión de alegría incontenible. A veces por casualidad me encontraba con una larga procesión de carreteros que caminaban perezosamente con las riendas en la mano junto a carros cargados con montañas de muebles; mesas, sillas, otomanas y sofás, y utensilios domésticos de todo tipo, frecuentemente con una cocinera decrépita sentada en lo alto de todo, custodiando la propiedad de su amo como si fuera la niña de sus ojos. O veía barcos cargados con enseres domésticos arrastrándose por el Neva o el Fontanka hasta el río Chorna o las islas. Los carros y los barcos se multiplicaban por diez, por cien, ante mis ojos. Me parecía que todo estaba en movimiento y se marchaba, que todo iba en caravanas regulares hacia las villas de verano. Parecía como si Petersburgo amenazara con convertirse en un desierto, de modo que al final me sentí avergonzado, mortificado y triste por no tener adónde ir durante las vacaciones ni motivos para irme. Estaba dispuesto a marcharme con cada carro, con cada caballero de apariencia respetable que tomara un coche de punto; pero nadie —absolutamente nadie— me invitó. ¡Parecía que me habían olvidado, como si realmente yo fuera un extraño para ellos!

Di un largo paseo, logrando, como de costumbre, olvidar por completo dónde estaba, cuando de repente me encontré a las puertas de la ciudad. Al instante me sentí alegre, pasé la barrera y caminé entre campos de cultivo y prados, inconsciente del cansancio y sintiéndome solo por todas partes como si un peso se desprendiera de mi alma. Todos los transeúntes me lanzaban miradas tan amistosas que casi parecían saludarme, todos parecían muy contentos por algo. Todos fumaban puros, cada uno de ellos. Y me sentí complacido como nunca. Fue como si de repente me encontrara en Italia; tan fuerte era el efecto de la naturaleza sobre un ciudadano medio enfermo como yo, casi asfixiado entre las murallas de la ciudad.

Hay algo inexpresablemente conmovedor en la naturaleza en los alrededores de San Petersburgo, cuando ante la llegada de la primavera despliega todas sus fuerzas, todos los poderes que le ha concedido el cielo, cuando se abre en hojas, se adorna y se cubre de flores... De alguna manera no puedo evitar que me recuerde a una muchacha frágil y tísica, a quien a veces miramos con compasión y a veces con amor comprensivo, y en quien a veces simplemente no reparamos, pero de repente, en un instante, se vuelve, como por casualidad, inexplicablemente hermosa y exquisita. E impresionado y ebrio, uno no puede evitar preguntarse qué poder hizo que esos ojos tristes y pensativos brillaran con tal fuego. ¿Qué hizo que la sangre subiera a esas pálidas y hundidas mejillas? ¿Qué bañaba de pasión esos suaves rasgos? ¿Qué hizo que ese pecho se agitara? ¿Qué es lo que de repente llamó a la fuerza, la vida y la belleza en el rostro de la pobre muchacha, haciéndolo brillar con tal sonrisa, encendiéndolo con una risa tan brillante y chispeante? Miras a tu alrededor, buscas a alguien, haces conjeturas... Pero el momento pasa, y al día siguiente te encuentras, tal vez, con la misma mirada pensativa y preocupada de antes, el mismo rostro pálido, los mismos movimientos mansos y tímidos, e incluso signos de remordimiento, rastros de una angustia mortal y arrepentimiento por la fugaz distracción... Y te afliges porque la belleza momentánea se ha desvanecido de forma tan rápida para no volver nunca más, que brilló sobre ti de manera tan traicionera, tan en vano; te afliges porque ni siquiera tuviste tiempo de amarla...

¡Y sin embargo mi noche fue mejor que mi día! Así fue como sucedió.

Regresé muy tarde a la ciudad, y eran las diez cuando me dirigía hacia mi alojamiento. Mi camino transcurría a lo largo del muelle del canal, donde a esa hora no se encuentra nunca a nadie. Aunque es cierto que vivo en una zona muy apartada del pueblo. Caminaba cantando, porque cuando estoy feliz siempre estoy tarareando para mí, como todo hombre feliz que no tiene amigos ni conocidos con quienes compartir su alegría. De repente tuve una aventura de lo más inesperada.

Apoyada con los codos en la barandilla del canal estaba una mujer, aparentemente miraba con gran atención el agua fangosa del canal. Llevaba un encantador sombrero amarillo y un alegre chal negro. «Es una joven, y estoy seguro de que es morena», pensé. Ella no pareció escuchar mis pasos y ni siquiera se movió cuando pasé junto a ella con la respiración entrecortada y el corazón palpitante.

«Es extraño —pensé—. Debe estar profundamente absorta en algo». Y de repente me detuve como petrificado. Escuché un sollozo ahogado. ¡Sí! No me había equivocado, la muchacha estaba llorando, y un minuto después escuché un sollozo tras otro. ¡Cielos! Mi corazón se hundió. ¡Y por muy tímido que fuera con las mujeres, sin embargo, en un momento así!... Me volví, di un paso hacia ella y seguramente hubiera pronunciado la palabra «¡Señora!» si no supiera que esa exclamación se ha pronunciado mil veces en todas las novelas de sociedad rusas. Fue solo ese reflejo el que me detuvo. Pero mientras yo buscaba una palabra la muchacha volvió en sí, miró a su alrededor, se sobresaltó, bajó los ojos y pasó junto a mí por el muelle. Inmediatamente la seguí; pero ella, adivinándolo, salió del muelle, cruzó la calle y caminó por la acera. No me atreví a cruzar la calle tras ella. Mi corazón latía como un pájaro capturado. De repente una casualidad vino en mi ayuda.

Por el mismo lado de la acera apareció de repente, no lejos de la muchacha, un caballero vestido de frac, de edad digna, aunque no de porte digno; se tambaleaba y se apoyaba cautelosamente en la pared. La muchacha voló recta como una flecha, con esa tímida prisa que se ve en todas las muchachas que no quieren que nadie se ofrezca a acompañarlas a casa por la noche, y sin duda el tambaleante caballero no la habría perseguido si mi buena suerte no la hubiera impulsado a recurrir a una estratagema.

De repente, sin decir palabra a nadie, el señor partió y voló a toda velocidad en persecución de mi dama desconocida. Ella corría como el viento, pero el tambaleante caballero la estaba alcanzando... la estaba alcanzando. La muchacha lanzó un grito y... bendigo mi suerte por el excelente bastón de nudos que casualmente estaba en mi mano derecha. En un instante estaba al otro lado de la calle; el entrometido caballero tomó posición, comprendió el argumento irresistible que blandía, retrocedió sin decir palabra y solo cuando estaba muy lejos protestó contra mi acción con un lenguaje bastante vigoroso. Pero sus palabras apenas nos llegaron.

—Dame tu brazo —le dije a la desconocida—. No se atreverá a molestarnos más.

Ella me alargó la mano sin decir palabra, todavía temblando de excitación y terror. ¡Oh, caballero entrometido, cómo te bendije en ese momento! Le eché un vistazo, era encantadora y morena; había acertado. En sus pestañas negras todavía brillaba una lágrima, de su reciente terror o de su antiguo dolor, no lo sé. Pero ya había un destello de sonrisa en sus labios. Ella también me miró furtivamente, se sonrojó levemente y miró hacia abajo.

—¿Por qué me rechazó antes? Si hubiera estado aquí, no habría pasado nada...

—Pero no le conocía; pensé que usted también...

—¿Pero es que ahora me conoce?

—¡Un poco! Por ejemplo, ¿por qué tiembla?

—¡Oh, tienes razón en la primera suposición! —respondí, encantado de que la joven tuviera inteligencia, que nunca está fuera de lugar en compañía de la belleza—. Sí, desde el primer vistazo ha adivinado qué tipo de hombre soy. Es cierto, soy tímido con las mujeres. Estoy agitado, no lo niego, tanto como lo estaba usted hace un minuto cuando aquel caballero la alarmó. Ahora estoy algo alarmado. Es como un sueño, pero nunca imaginé, ni siquiera mientras dormía, que alguna vez hablaría con una mujer.

—¿Lo está realmente?

—Sí, si me tiembla la mano es porque nunca me la había sostenido una mano tan pequeña y bonita como la suya. Soy un completo desconocido para las mujeres; es decir, nunca me he acostumbrado a ellas. Verás, estoy solo. Ni siquiera sé cómo hablar con ellas. ¡Mire, ahora no sé si no le he dicho alguna tontería! Dígamelo con franqueza, le aseguro de antemano que no me ofendo fácilmente.

—No, nada, nada, todo lo contrario. Y si insiste en que le hable con franqueza, le diré que a las mujeres les gusta esa timidez. Y si quiere saber más, a mí también me gusta, y hasta que llegue a casa no le diré que se vaya.

—Me hará perder la timidez —dije sin aliento por la alegría—, y luego adiós a todas mis posibilidades...

—¡Posibilidades! ¿Qué posibilidades? ¿Y para qué? Eso ya no es tan agradable.

—Le pido perdón, lo siento, fue un desliz. Pero ¿cómo puede pretender que uno en un momento así no tenga deseos...?

—De agradar, ¿eh?

—Bueno, sí. Pero, por el amor de Dios, sea amable. ¡Piense lo que soy! Tengo veintiséis años y nunca he conocido a nadie. ¿Cómo puedo hablar bien, con tacto y sentido? Le parecerá mejor cuando le haya contado todo abiertamente... No sé callar cuando mi corazón habla... Bueno, no importa... Créame, ¡ni una sola mujer, nunca, nunca! ¡Ninguna conocida! Y no hago más que soñar todos los días que por fin encontraré a alguien. ¡Oh, si supiera cuántas veces me he enamorado de esa manera!

—¿Cómo? ¿De quién?

—Pues de nadie, de un ideal, de aquel con el que sueño mientras duermo. En mis sueños invento romances regulares. ¡Ah, no me conoce! Es verdad, claro que he conocido a dos o tres mujeres, pero ¿qué clase de mujeres eran? Eran todas caseras, eso... Pero le haré reír si le digo que varias veces he pensado en hablar, simplemente hablar, con alguna dama aristocrática por la calle, cuando esté sola. No necesito decirlo, pero hablándole, por supuesto, tímidamente, respetuosamente, apasionadamente; diciéndole que estoy muriendo en soledad, rogándole que no me despida, diciéndole que no tengo otra posibilidad de conocer a mujer alguna, insinuándole que es un deber positivo para una mujer no rechazar una súplica tan tímida de un hombre tan desafortunado como yo. Que, de hecho, todo lo que le pido es que me diga dos o tres palabras fraternales con simpatía, que no me rechace a primera vista; debe confiar en mí y escuchar lo que digo, debe reírse de mí si quiere, animarme, decirme dos palabras, solo dos palabras, aunque nunca nos reencontramos después... Pero usted se está riendo; sin embargo, por eso se lo digo...

—No se enoje. Solo me río de que sea usted su propio enemigo, y si lo hubiera intentado lo hubiera logrado, tal vez, aunque hubiera sido en la calle. Cuanto más simple, mejor. De ninguna manera una mujer de buen corazón, a menos que fuera estúpida o estuviera enfadada por algo en ese momento, podría decidirse a despedirlo sin esas dos palabras que pide con tanta timidez... Pero ¿qué estoy diciendo? Lo más probable es que lo tomara por un loco. Estaba juzgando por mí misma, sé mucho sobre la vida de otras personas.

—Oh, gracias —exclamé—. ¡No sabe lo que ha hecho por mí ahora!

—¡Me alegro! ¡Me alegro! Pero dígame cómo supo que yo era el tipo de mujer con quien... bueno, a quien considera digna... de atención y amistad... De hecho, no una casera, como usted dice. ¿Por qué decidió venir a verme?

—¿Por qué?... Pues porque estaba sola; ese caballero fue demasiado insolente, es de noche. Debe admitir que era un deber...

—No, no; quiero decir antes, en el otro lado de la calle... Usted quería acercarse a mí.

—¿En el otro lado? Realmente no sé cómo responder; tengo miedo de... ¿Sabe que he sido feliz hoy? Caminé cantando. Salí a las afueras. Nunca he tenido momentos tan felices... Usted... tal vez fue mi fantasía... Perdóneme por referirme a esto, me imaginé que lloraba, y yo no pude soportar escucharlo... Me dolía el corazón. ¡Dios mío! ¿Cree usted que podía oírla sin preocuparme? Seguramente no me hacía daño sentir compasión fraternal por usted... Le pido perdón por decir «compasión»... Bueno, en resumen, ¿acaso se ofendería por mi impulso involuntario de acercarme a usted?

—Pare, ya es suficiente, no hable de eso —dijo la joven, mirando hacia abajo y presionando mi mano—. Es culpa mía haber hablado de ello; pero me alegro de no haberme equivocado con usted... Bueno, ya estoy en casa. Debo bajar por este desvío, está a dos pasos de aquí... Adiós, ¡gracias!

—¿Es posible que nunca más nos volvamos a ver? ¿Seguramente este no será el final?

—Verá —dijo la muchacha riendo—, al principio solo quería dos palabras, y ahora... Sin embargo, no diré nada... tal vez nos encontremos.

—Vendré aquí mañana —dije—. Oh, perdóneme, ya estoy exigiendo...

—Sí, no tiene mucha paciencia... casi está insistiendo.

—Escuche —la interrumpí—. Perdóneme si se lo digo otra vez... pero no puedo evitar venir aquí mañana. Soy un soñador; tengo tan poca vida real que momentos como este, ahora, son tan raros que no puedo evitar volver a recordarlos en mis sueños. Estaré soñando con usted toda la noche, toda una semana, todo un año. Sin duda vendré aquí mañana, justo aquí, a este lugar, justo a la misma hora, y estaré feliz de recordar el día de hoy. Este lugar ya me es querido. Ya tengo dos o tres lugares así en San Petersburgo. Una vez derramé lágrimas por recuerdos... como tú... Quién sabe, tal vez hace diez minutos lloraba usted por algún recuerdo... Pero, perdóneme, estoy desvariando otra vez; tal vez alguna vez fue especialmente feliz aquí...

—Muy bien —dijo la muchacha—. Tal vez yo también venga aquí mañana, a las diez. Veo que no se lo puedo impedir... La verdad es que tengo que estar aquí, no crea que estoy concertando una cita. Le digo de antemano que tengo que estar aquí por mi cuenta. Pero... bueno, se lo digo claramente, no me importaría si viniera usted. Para empezar, podría suceder algo desagradable como sucedió hoy, pero eso no importa... En suma, simplemente me gustaría verle... para decirle dos palabras. Solo tenga en cuenta que no debe condenarme. No crea que concierto las citas tan a la ligera... No debería hacerlo... ¡Pero que ese sea mi secreto! Solo un pacto de antemano.

—¡Un pacto! Hable, dígalo todo de antemano. Estoy de acuerdo con todo, estoy dispuesto a todo —exclamé encantado—. Yo respondo por mí mismo, seré obediente, respetuoso... Usted me conoce.

—Es solo porque lo conozco que le pido que venga mañana —dijo la joven riendo—. Lo conozco perfectamente. Pero tenga en cuenta que, en primer lugar, vendrá con la condición... sea usted bueno, haga lo que le pido, verá que hablo con franqueza... de que no se enamore de mí... Eso es imposible, se lo aseguro. Estoy dispuesta a ser su amiga; aquí tiene mi mano... ¡Pero no debe enamorarse de mí, se lo ruego!

—Lo juro —grité, agarrando su mano.

—Silencio, no jure, sé que puede estallar como la pólvora. No piense mal de mí por decirlo. Si usted supiera... Yo tampoco tengo a quien decirle una palabra o cuyo consejo pueda pedir. Por supuesto, uno no busca un consejero en la calle, pero usted es una excepción. Lo conozco como si fuéramos amigos desde hace veinte años... ¿No me engañará usted?

—Usted ya lo verá. Lo único es que no sé cómo voy a sobrevivir las próximas veinticuatro horas.

—Que duerma profundamente. Buenas noches. Recuerde que ya he confiado en usted. Hace un momento lanzó una exclamación tan amable que justifica cualquier sentimiento, incluso el de simpatía fraternal. ¿Sabe? Fue tan hermosamente dicho que de inmediato pensé que podía confiar en usted.

—Por el amor de Dios. Pero ¿sobre qué? ¿Para qué?

—Espere hasta mañana. Mientras tanto, deje que esto sea un secreto. Tanto mejor para usted, le dará un leve sabor a novela. Tal vez se lo cuente mañana, o tal vez no... Hablaremos un poquito más antes, nos conoceremos mejor.

—¡Oh, sí, mañana le contaré todo sobre mí! ¿Pero qué ha pasado? Es como si hubiera ocurrido un milagro... Dios mío, ¿dónde estoy? Dígame, ¿no se alegra de no haberse enojado y no echarme en el primer momento, como hubiera hecho cualquier otra mujer? En dos minutos me ha hecho feliz para siempre. Sí, feliz. Quién sabe, tal vez me ha reconciliado conmigo mismo, ha resuelto mis dudas... Tal vez me sobrevengan momentos así... Pero ya se lo contaré todo mañana, lo sabrá todo.

—Muy bien, lo consiento. Usted comenzará.

—Acordado.

—¡Hasta mañana!

—¡Hasta mañana!

Y nos separamos. Caminé toda la noche. No podía decidirme a volver a casa. Estaba tan feliz... ¡Mañana!

SEGUNDA NOCHE

—¡Bueno, entonces ha sobrevivido! —me dijo, estrechándome ambas manos.

—He estado aquí durante las últimas dos horas; no sabe en qué estado he permanecido todo el día.

—Lo sé, lo sé. Pero al grano. ¿Sabe por qué he venido? No para decir tonterías, como hice ayer. Le diré una cosa, debemos comportarnos con más sensatez en el futuro. Lo pensé mucho ayer.

—¿En qué forma, en qué debemos ser más sensatos? Estoy dispuesto a hacer mi parte. Pero, realmente, nada más sensato me ha sucedido en mi vida que esto ahora.

—¿En serio? En primer lugar, le ruego que no me apriete así las manos. En segundo lugar, debo decirle que hoy pasé mucho tiempo pensando en usted y sintiendo dudas.

—¿Y con qué conclusión?

—¿Con qué conclusión? Mi parecer es que debemos empezar de nuevo, porque la conclusión a la que he llegado hoy es que no le conozco en absoluto; que anoche me comporté como una cría, como una niña pequeña. Por supuesto, el hecho es que el culpable es mi tierno corazón; es decir, que no fui muy severa conmigo, como siempre se hace al final cuando se analiza la propia conducta. Ante ese error, he decidido averiguar todo acerca de usted minuciosamente. Pero como no tengo a nadie de quien pueda saber nada, debe contármelo todo usted mismo, todos los detalles. Bueno, ¿qué clase de hombre es usted? Ven, dese prisa, empiece, cuénteme toda su historia.

—¿Mi historia!? —exclamé alarmado—. ¡Mi historia! ¿Pero quién le ha dicho que tengo una historia? No tengo historia...

—Entonces, ¿cómo ha vivido si no tiene historia? —me interrumpió ella, riendo.

—¡Absolutamente sin historia! He vivido, como dicen, guardándome para mí, es decir, completamente solo, solo del todo. ¿Sabe lo que significa estar solo?

—Pero ¿cómo que solo? ¿Quiere decir que nunca ve a nadie?

—Oh, no, veo a gente, por supuesto, pero aun así estoy solo.

—¿Y eso? ¿Es que nunca habla con nadie?

—Estrictamente hablando, con nadie.

—¿Quién es usted entonces? ¡Explíquese! Déjeme adivinarlo. Lo más probable es que tenga una abuela como yo. La mía es ciega y nunca me deja ir a ningún lado, por lo que casi me he olvidado de hablar. Y cuando hice algunas travesuras hace dos años, y vio que ya no había forma de detenerme, me llamó y sujetó mi vestido al de ella con un alfiler. Desde entonces pasamos así los días juntas; ella cose medias, aunque es ciega. Y yo me siento a su lado, coso o le leo en voz alta... De esta manera tan extraña desde hace dos años estoy prendida a ella por un alfiler...

—¡Dios mío! ¡Qué desgracia! Pero no, yo no tengo una abuela así.

—Bueno, si no la tiene, ¿por qué se queda en casa?

—Escuche, ¿quiere saber qué tipo de hombre soy?

—Sí, claro.

—¿En el sentido estricto de la palabra?

—En el sentido más estricto de la palabra.

—Pues bien, soy un tipo.

—¿Un tipo? ¡Un tipo! ¿Qué tipo de tipo? —exclamó la muchacha, riéndose como si no hubiera podido reír durante todo un año—. Es muy divertido hablar con usted. Mire, ahí hay un banco, sentémonos. Por aquí no pasa nadie, nadie nos oirá, y... ¡empiece su historia! De nada sirve que me diga lo contrario. Tiene usted una historia, solo que la está ocultando. Para empezar, ¿qué es «un tipo»?

—¿Un tipo? ¡Un tipo es original, es una persona absurda! —dije, contagiado por su risa infantil—. Es un personaje. Escuche, ¿sabe usted qué se entiende por un soñador?

—¡Un soñador! Cómo no voy a saberlo. Yo también soy una soñadora. A veces, cuando me siento junto a la abuela, me vienen a la cabeza toda clase de cosas. Mire, comienzo a soñar, dejo que la fantasía escape... ¡Bueno, me caso con un príncipe chino!... ¡A veces es bueno soñar! Aunque cuando uno tiene otras cosas en las que pensar además de los sueños... —añadió la muchacha, esta vez con bastante seriedad.

—¡Excelente! Si ha estado casada con un emperador chino me entenderá perfectamente. Bueno, escuche... Pero, un minuto, todavía no sé su nombre.

—¡Por fin! ¡Pues sí que se ha acordado usted pronto!

—¡Oh, Dios mío! No se me había pasado por la cabeza, me sentía muy feliz tal como estaba...

—Mi nombre es Nástenka.

—¡Nástenka! ¿Y nada más?

—¿Nada más? ¿No le basta con eso, hombre insaciable?

—¿Que si no es suficiente? Al contrario, es mucho, muchísimo. Nástenka, es usted una amable niña, ¡si para mí es Nástenka desde el principio!

—¡Así es! ¿Y bien?

—Bueno, escuche, Nástenka, ahora esta historia absurda.

Me senté a su lado, adopté una actitud pedante y seria y comencé a narrar como si estuviera leyendo un manuscrito:

—En San Petersburgo, Nástenka, aunque usted no lo sepa, hay rincones extraños. Parece que en esos lugares no se asoma el mismo sol que brilla para todos los habitantes de San Petersburgo, sino otro nuevo y diferente, hecho expresamente para esos rincones y que arroja una luz especial sobre ellos. En estos rincones, querida Nástenka, se vive una vida completamente diferente, muy diferente de la vida que surge a nuestro alrededor, una que tal vez exista en algún país desconocido, no en el nuestro, en nuestra seria vida. Bueno, esa vida es una mezcla de algo puramente fantástico, fervientemente ideal, pero también con algo... ¡ay!, Nástenka... deslucidamente prosaico y ordinario, por no decir increíblemente vulgar.

—¡Uf! ¡Dios mío! ¡Qué prefacio! ¿Qué escucho?

—Escuche, Nástenka. —Me parece que nunca me cansaré de decir su nombre—. Déjeme decirle que en estos rincones viven personas extrañas, soñadores. El soñador, si quiere una definición exacta, no es un ser humano, es una criatura de tipo intermedio. La mayor parte del tiempo se instala en algún rincón inaccesible, como si se escondiera de la luz del día; una vez que se desliza en ese rincón, se adhiere a él como un caracol, o en todo caso en ese aspecto se parece mucho a esa extraordinaria criatura, que es a la vez animal y casa, y que se llama tortuga. ¿Por qué supone que le gustan tanto sus cuatro paredes, que invariablemente están pintadas de verde, sucias, lúgubres y amarilleadas imperdonablemente por el humo del tabaco? ¿Por qué cuando este absurdo señor es visitado por uno de sus pocos conocidos (y termina por deshacerse de todos sus amigos), por qué este absurdo señor lo recibe con tanta vergüenza, cambiando de semblante y turbado, como si acabara de cometer algún delito entre esas cuatro paredes, como si hubiera estado falsificando billetes, o como si estuviera escribiendo versos para enviar a un diario con una carta anónima, en la que afirma que el verdadero poeta ha muerto y que su amigo considera un deber sagrado publicar su obra. ¿Por qué, dígame, Nástenka, por qué la conversación entre dos amigos no es fácil? ¿Por qué no hay risas? ¿Por qué no sale ninguna palabra animada de la lengua del perplejo recién llegado, que en otras ocasiones puede ser muy aficionado a la risa, las palabras animadas, la conversación sobre el bello sexo y otros temas alegres? ¿Y por qué este amigo, probablemente un nuevo amigo y en su primera visita (porque difícilmente habrá una segunda y el amigo nunca volverá), por qué también el amigo está tan confundido, tan mudo, a pesar de su ingenio (si es que tiene alguno), mientras mira el rostro abatido de su anfitrión, quien a su vez está completamente aturdido y perdido en su juicio después de esfuerzos gigantescos pero infructuosos por suavizar las cosas y animar la conversación, por demostrar su conocimiento de hombre de mundo, hablar también del bello sexo y con tan humilde esfuerzo complacer al pobre que, como pez fuera del agua, ha venido a visitarlo por error? ¿Por qué el caballero, recordando de repente un asunto muy necesario que nunca existió, toma su sombrero y se aleja apresuradamente, arrancando su mano del cálido apretón de su anfitrión, que estaba haciendo todo lo posible por mostrar su pesar y recuperar la posición perdida? ¿Por qué el amigo se ríe entre dientes al salir por la puerta y jura no volver nunca más a casa de esa extraña criatura, aunque la extraña criatura es realmente un muy buen tipo, y al mismo tiempo no puede negarle a su imaginación una pequeña diversión: haber estado comparando el extraño rostro del tipo durante su conversación con la expresión de un infeliz gatito capturado a traición, maltratado, asustado y sometido a todo tipo de indignidades por parte de unos niños, hasta que, completamente abatido, se esconde en la oscuridad debajo de una silla, y allí se queda erizado, resoplando y lavando su hocico maltratado con ambas patas, y mucho después mira con enojo la vida y la naturaleza, e incluso hasta el trozo de comida reservado para él por un ama de llaves compasiva?

—Escuche —lo interrumpió Nástenka, que me había escuchado asombrada, abriendo los ojos y la boca—. Escuche, no sé en lo más mínimo por qué sucedió eso ni por qué me hace esas preguntas tan absurdas. Lo único que sé es que esta aventura debe haberle sucedido, palabra por palabra.

—Sin duda —respondí con la cara más grave.

—Bueno, ya que no hay duda, continúe —dijo Nástenka—, porque tengo muchas ganas de saber cómo terminará esto.

—¿Quiere saber, Nástenka, qué hacía nuestro héroe, es decir yo, porque el héroe de todo este asunto era mi humilde persona, en su rincón? ¿Quiere saber por qué perdí la cabeza y estuve trastornado todo el día por la visita inesperada de un amigo? ¿Quiere saber por qué me asusté tanto, por qué me sonrojé cuando se abrió la puerta de mi morada, por qué no pude entretener a mi visitante y por qué quedé aplastado bajo el peso de mi propia hospitalidad?

—Claro —respondió Nástenka, —. Esa es la cuestión. Escuche. Usted lo describe todo magníficamente, pero ¿no podría describirlo un poco menos espléndidamente? Habla como si lo leyera en un libro.

—Nástenka —respondí con voz severa y digna, apenas capaz de contener la risa—, querida Nástenka, sé que lo describo espléndidamente, pero, discúlpeme, no sé de qué otra manera hacerlo. En este momento, querida Nástenka, en este momento soy como el espíritu del rey Salomón cuando, después de haber permanecido durante mil años bajo siete sellos en su urna, esos siete sellos finalmente fueron quitados. En este momento, Nástenka, cuando por fin nos hemos encontrado después de una separación tan larga... porque la conozco desde hace mucho tiempo, Nástenka, porque he estado buscando a alguien desde hace mucho tiempo, y esto es una señal de que era a usted a quien estaba buscando, y estaba ordenado que nos encontráramos ahora... En este momento se han abierto mil válvulas en mi cabeza, y debo dejarme fluir en un río de palabras o me ahogaré. Por eso le ruego que no me interrumpa, Nástenka, sino que escuche con humildad y obediencia, o guardaré silencio.

—¡No, no, no! Para nada. ¡Adelante! ¡No diré una palabra!

—Continuaré. Hay, amiga Nástenka, una hora en mi día que me gusta muchísimo. Es la hora en la que casi todos los asuntos, trabajos y obligaciones han terminado, y todos corren a casa para cenar, acostarse, descansar, y en el camino todos reflexionan sobre otros temas más alegres relacionados con sus tardes, sus noches y el resto de su tiempo libre. A esa hora nuestro héroe (pues permítame, Nástenka, contar mi historia en tercera persona, porque uno se siente terriblemente avergonzado de contarla en primera persona), bueno, a esa hora nuestro héroe, que también tenía su trabajo, caminaba detrás de los demás. Pero una extraña sensación de placer inundó su rostro pálido y ajado. Miraba con ganas el resplandor de la tarde que lentamente se desvanecía en el frío cielo de San Petersburgo. Cuando digo que miró, miento: no lo miró, sino que lo vio como si no se diera cuenta, como si estuviera cansado o preocupado por algún otro tema más interesante, de modo que apenas podía dedicarle un instante a todo lo que le rodeaba. Estaba contento porque hasta el día siguiente lo liberaban de los asuntos que le molestaban y se sentía feliz, como un colegial cuando sale del aula para dedicarse a sus juegos y travesuras. Mírelo, Nástenka; verá en seguida que una emoción alegre ya ha hecho efecto en sus débiles nervios y en su fantasía enfermizamente excitada. Y está pensando en algo... ¿En la cena quizá? ¿En cómo va a pasar la tarde? ¿En qué está mirando? ¿En ese caballero de apariencia digna que se inclina tan pintorescamente ante la dama que pasa en un carruaje tirado por caballos veloces? No, Nástenka. ¡Qué significan para él todas esas trivialidades ahora! Él es rico ahora con su propia vida. De repente se sabe rico, y no en vano el ocaso que se desvanece arroja tan alegremente ante él sus destellos de despedida y suscita un enjambre de impresiones en su tibio corazón. Ahora apenas se fija en el camino, cuando en otros momentos le asombrarían los más mínimos detalles. Ahora «la diosa de la Fantasía» (por si ha leído a Zhukovsky, querida Nástenka) ya ha tejido con mano fantástica su urdimbre dorada y ha comenzado a tejer en ella patrones de una vida maravillosa, y quién sabe, tal vez su mano fantástica lo haya llevado a él hasta el séptimo cielo de cristal, lejos del excelente pavimento de granito sobre el que caminaba. Intente detenerlo ahora, pregúntele de repente dónde está ahora, por qué calles ha ido; probablemente no recordará nada, ni de dónde ha estado ni de dónde está ahora, y sonrojándose de irritación, seguramente le dirá alguna mentira para salvar las apariencias. Por eso se sobresalta, casi grita, y mira a su alrededor con horror cuando una respetable anciana lo detiene cortésmente en medio de la acera y le pregunta perdida por una dirección. Con el ceño fruncido sigue adelante, sin apenas darse cuenta de que más de un transeúnte sonríe y se vuelve para mirarlo, y de que una niña, alejándose alarmada de su camino, se ríe a carcajadas mirando con los ojos abiertos su ancha sonrisa meditabunda y su gesticulación. Pero la fantasía atrapa en su vuelo juguetón a la anciana, a los transeúntes curiosos, a la niña risueña y a los campesinos que pasan las noches en sus barcazas en Fontanka (supongamos que nuestro héroe camina por la orilla del canal en ese momento). Caprichosamente, teje a todo y todos en su lienzo como una mosca en una telaraña. Y solo después de que el tipo extraño haya regresado a su cómoda guarida, se haya sentado y haya terminado su cena, vuelve en sí, cuando Matryona, que lo atiende, siempre pensativa y deprimida, limpia la mesa y le da su pipa. Entonces vuelve en sí y recuerda con sorpresa que ha cenado, aunque no tiene la menor idea de cómo ha sucedido. Ha oscurecido en la habitación; su alma está triste y vacía; todo un reino de fantasías se desmorona a su alrededor, se desmorona sin dejar rastro, sin hacer ruido, se aleja flotando como un sueño y él mismo no puede recordar lo que estaba soñando. Pero una vaga sensación agita débilmente su corazón y le inquieta, un nuevo deseo le hace cosquillas tentadoras y excita su fantasía, e imperceptiblemente evoca un enjambre de nuevos fantasmas. La quietud reina en la pequeña habitación, la imaginación se ve fomentada por la soledad y la ociosidad; arde levemente, hierve levemente, como el agua con la que la vieja Matryona prepara su café mientras se pasea tranquilamente por la cocina cercana. Ahora estalla espasmódicamente; y el libro, cogido al azar y sin rumbo, cae de la mano de mi soñador antes de haber llegado a la tercera página. Su imaginación vuelve a estar agitada y en acción, y de nuevo un mundo nuevo, una nueva vida fascinante brilla, abriendo perspectivas ante él. ¡Un nuevo sueño, una nueva felicidad! ¡Una nueva ráfaga de veneno delicado y voluptuoso! ¡Qué es la vida real para él! A sus ojos hechizados vivimos tú y yo, Nástenka, de manera adormecida, lenta, insípida; ¡a sus ojos estamos todos tan insatisfechos con nuestro destino, tan agotados por nuestra vida! Pero es verdad, ved cómo a primera vista todo es frío, lúgubre, estamos de mal humor entre nosotros... «¡Pobrecitos!», piensa nuestro soñador. ¡Y no es de extrañar que así lo piense! Mire esos mágicos espectros que de manera tan encantadora, tan caprichosa, tan descuidada y libremente se agrupan ante él en una imagen mágica y animada, en la que la figura más destacada en primer plano es, por supuesto, él mismo, nuestro soñador, su preciosa persona. Mire qué aventuras tan variadas, qué enjambre interminable de sueños extáticos. Quizá se pregunte con qué está soñando. ¿Por qué preguntar eso? Pues con todo... con la suerte del poeta, primero no reconocido y luego coronado de laureles; con la amistad con Hoffmann, la noche de san Bartolomé, Diane Vernon, el papel de héroe en la toma de Kazán por Iván Vasílievich, Clara Mowbray, Effie Deans, el sínodo de prelados y Huss ante ellos, el levantamiento de los muertos en *Robert the Devil* (¿recuerda la música? ¡Huele a cementerio!), Minna y Brenda, la batalla de Berezina, la lectura de poemas en casa de la condesa V. D., con Danton, con Cleopatra *e i suoi amanti*, una casita en Kolomna, una casita propia, y al lado la criatura querida que lo escucha en las tardes de invierno, con la boca y los ojos abiertos, como usted me escucha ahora, ángel mío... No, Nástenka, ¿qué hay para él, voluptuoso holgazán, en esta vida que tanto anhelamos usted y yo? Piense que esta es una vida pobre y lamentable, sin prever que también para él, tal vez, en algún momento llegue la hora triste en que por un día de esa vida lamentable daría todos sus años de fantasía, y los daría no por alegría y por felicidad, aunque sin importarle hacer distinciones en esa hora de tristeza, remordimiento y pena desenfrenada. Pero hasta ahora esa amenaza no ha llegado: no desea nada, porque es superior a todo deseo, porque lo tiene todo, porque está saciado, porque es artista de su propia vida y la forja a cada hora a su medida según su último capricho. ¡Y es que este fantástico mundo del país de las hadas se crea de forma tan fácil y natural! ¡Como si no fuera un engaño! De hecho, en algunos momentos está dispuesto a creer que toda esta vida no es sugerida por el sentimiento, no es un espejismo, no es una ilusión de la imaginación, sino que es concreta, real, sustancial. ¿Por qué, Nástenka, por qué en momentos así uno contiene la respiración? ¿Por qué, por qué hechizo, por qué incomprensible capricho, se acelera el pulso, una lágrima brota de los ojos del soñador, mientras sus pálidas mejillas húmedas brillan, mientras todo su ser se inunda de un inexpresable sentimiento de consuelo? ¿Por qué noches enteras de insomnio pasan como un relámpago en una alegría y una felicidad inagotables, y cuando la aurora brilla rosada en la ventana y el amanecer inunda la habitación sombría con esa luz incierta y fantástica de San Petersburgo nuestro soñador, agotado y exhausto, se arroja en su cama y cae dormido con la exaltación de su espíritu enfermizamente alterado y con un dulce y angustioso dolor en su corazón? Sí, Nástenka, uno se engaña a sí mismo y cree inconscientemente que la verdadera pasión conmueve su alma; ¡uno cree inconscientemente que hay algo vivo, tangible en sus sueños! Pero es un engaño. El amor está ligado a su seno con toda su alegría insondable, con todas sus agonías torturadoras... ¡Mírelo y quedará convencida! ¿Creería, mirándolo, querida Nástenka, que nunca ha conocido a la mujer a la que ama en sus sueños extáticos? ¿Será que solo la ha visto en visiones seductoras, y que esta pasión no ha sido más que un sueño? ¿Es posible que pasaran años juntos, cogidos de la mano, los dos solos, renunciando a todo y cada uno uniendo su vida con la del otro? ¿Es posible que cuando llegó la hora de la despedida ella debió yacer sollozando y afligida en su pecho, sin prestar atención a la tempestad que rugía bajo el cielo sombrío e indiferente al viento que arrebata y se lleva las lágrimas de sus pestañas negras? ¿Puede haber sido todo eso un sueño? ¿Al igual que ese jardín melancólico, abandonado y salvaje, con sus pequeños senderos cubiertos de musgo, solitario, lúgubre, donde solían caminar juntos, donde esperaban, añoraban y se amaron el uno al otro durante tanto tiempo, tanto tiempo y con tanto cariño? ¿Y aquella extraña casa solariega donde pasó tantos años sola y triste con su viejo y malhumorado marido, siempre silencioso y bilioso, que los asustaba, mientras tímidos como niños ocultaban su amor mutuo? ¡Qué tormentos sufrieron! ¡Qué agonías de terror! ¡Qué inocente, qué puro era su amor! Y por supuesto, Nástenka, ¡qué malvada era la gente! ¿Y es posible, Dios mío, que la encontrara tiempo después lejos de sus costas natales, bajo cielos extraños, en el cálido sur, en una ciudad divinamente eterna, en el deslumbrante esplendor de un baile, al son de la música, en un *palazzo* (debe ser en un *palazzo*), ahogada en un mar de luces, en el balcón revestido de mirtos y rosas, donde, al reconocerlo, ella se quitara apresuradamente la máscara y susurrara: «Soy libre», y se arrojara temblando a sus brazos, y con un grito de éxtasis, fundidos en un abrazo, en un instante olvidan su dolor y su separación y todas sus agonías, y la casa lúgubre y el anciano y el jardín oscuro en esa tierra lejana, y el banco en el cual, con un último beso apasionado, escapó de sus brazos entumecidos por la angustia y la desesperación... Oh, Nástenka, debe admitir que uno se sobresaltaría, se sentiría confundido y se sonrojaría como un colegial que acaba de meterse en el bolsillo una manzana robada del jardín de un vecino, cuando un visitante no invitado, un tipo fornido, larguirucho, un alma festiva y amante de las bromas, abre su puerta y grita como si nada pasara: «Mi querido amigo, acabo de llegar de Pávlovsk». ¡Dios mío! El viejo conde ha muerto, la felicidad indescriptible está al alcance de la mano... ¡Y llega gente de Pávlovsk!

Terminando mi patético llamamiento, hice una pausa patética. Recuerdo que tenía un deseo intenso de obligarme a romper a reír a carcajadas, porque ya sentía que un demonio maligno se agitaba dentro de mí, que tenía un nudo en la garganta, que mi barbilla comenzaba a temblar y que mis ojos se humedecían cada vez más.

Esperaba que Nástenka, que me escuchaba con ojos abiertos e inteligentes, prorrumpiera en su risa infantil e incontenible; y ya me arrepentía de haber llegado tan lejos, de haber descrito innecesariamente lo que llevaba mucho tiempo hirviendo en mi corazón, de lo que podía hablar como si estuviera leyendo porque hacía tiempo que mi discurso estaba escrito y ahora no podía resistirme a leerlo, a hacer mi confesión sin esperar ser entendido. Pero para mi sorpresa ella guardó silencio, esperó un poco, luego apretó débilmente mi mano y con tímida simpatía preguntó:

—¿Es posible que haya vivido así toda la vida?

—Toda mi vida, Nástenka —respondí—. Toda mi vida, y me parece que así continuaré hasta el final.

—No, eso no puede ser —dijo con inquietud—. Eso no debe ser; entonces, tal vez, yo pasaré toda mi vida al lado de la abuela. ¿Sabe que no es nada bueno vivir así?

—¡Lo sé, Nástenka, lo sé! —exclamé, incapaz de contener mis sentimientos por más tiempo—. ¡Y ahora más que nunca me doy cuenta de que he perdido todos mis mejores años! Y ahora lo sé y lo siento con más dolor al reconocerlo, porque Dios la ha enviado, mi buen ángel, para decirme eso y demostrarlo. Ahora que me siento a su lado y le hablo, me resulta extraño pensar en el futuro, porque en el futuro vuelve a haber soledad, otra vez esta vida mohosa e inútil. ¿Y con qué tendré que soñar cuando he sido tan feliz en la vida real a su lado? ¡Oh, bendita sea, querida niña, por no haberme rechazado al principio, porque ahora puedo decir que durante dos noches al menos he vivido!

—¡Oh, no, no! —gritó Nástenka, y en sus ojos brillaron las lágrimas—. No, ya no debe ser así; ¡no debemos separarnos así! ¿Qué es eso de dos noches?

—¡Oh, Nástenka, Nástenka! ¿Sabe hasta qué punto me ha reconciliado conmigo mismo? ¿Sabe que ahora no pensaré tan mal de mí mismo como en otros momentos? ¿Sabe que ya no me lamentaré por el crimen y el pecado de mi vida, porque una vida así es un crimen y un pecado? Y no crea que exagero, por amor de Dios, no lo piense, Nástenka, porque a veces me invade tanta miseria, tanta... Porque en esos momentos empiezo a pensar que soy incapaz de comenzar una vida real, porque me parece que he perdido todo tacto, todo instinto para lo real, lo auténtico, porque me he maldecido, porque después de mis noches fantásticas tengo momentos de recuperación de la sobriedad, ¡y son horribles! Mientras tanto, oyes a tu alrededor el torbellino y el rugido de la multitud en el vórtice de la vida; oyes y ves que los hombres viven en la realidad, ves que la vida para ellos no está predeterminada, que su vida no se aleja flotando como un sueño, como una visión, que su vida está siendo constantemente renovada, que es eternamente joven, y ninguna hora de ella es igual a otra; mientras que la fantasía es tan triste, monótona hasta la vulgaridad y fácilmente asustadiza, esclava de las sombras, de la idea, esclava de la primera nube que envuelve al sol y cubre de depresión el verdadero corazón de San Petersburgo, tan devoto del sol... ¡No hay fantasía cuando uno está triste! Uno siente que es inagotable, pero la fantasía finalmente se cansa y se desgasta con el ejercicio continuo, porque uno está creciendo hacia la edad adulta, superando sus viejos ideales: estos se quiebran en fragmentos, se convierten en polvo; pero si no hay otra vida, hay que construir una a partir de esos fragmentos. ¡Y mientras tanto el alma anhela y anhela algo más! Y en vano el soñador rebusca entre sus viejos sueños, como buscando una chispa entre las brasas, para avivarla, para calentar su corazón helado con el fuego reavivado y para despertar en él todo lo que era tan querido, lo que tocó su corazón, lo que le hizo hervir la sangre, le arrancó lágrimas de los ojos y lo engañó tan espléndidamente. ¿Sabe, Nástenka, adónde he llegado? ¿Sabe que ahora me veo obligado a celebrar el aniversario de mis propias sensaciones, el aniversario de aquello que alguna vez fue querido, de lo que nunca existió en realidad? Porque ese aniversario se guarda en la memoria como el de esos sueños tontos e incorpóreos, y esos sueños tontos ya no existen, porque no tengo con qué ganármelos. ¡Ni siquiera los sueños surgen en vano! ¿Sabe que ahora me encanta recordar y visitar en determinadas fechas los lugares donde alguna vez fui feliz a mi manera? Me encanta construir mi presente en armonía con el pasado irrevocable, y a menudo deambulo como una sombra, sin rumbo, triste y abatido, por las calles y callejuelas de Petersburgo. ¡Y qué recuerdos! Recuerdo, por ejemplo, que hace apenas un año, precisamente a esta hora, pasé por esta acera, deambulaba tan solo y tan abatido como hoy. Y me acuerdo de que entonces mis sueños eran tristes. Y aunque el pasado no fue mejor, uno siente como si de alguna manera hubiera sido mejor, que la vida era más pacífica, que uno estaba libre de los pensamientos negros que lo persiguen ahora, que estaba libre de los remordimientos de la conciencia, esos remordimientos lúgubres y hoscos que ahora no me dan descanso ni de día ni de noche. Y te preguntas: «¿Dónde están tus sueños?». Sacudes la cabeza y dices: «¡Qué rápido pasan los años!». Y nuevamente te preguntas: «¿Qué has hecho con los años?, ¿dónde has enterrado tus mejores días?, ¿has vivido o no? Mira —te dices—, mira cómo se está enfriando el mundo». Pasarán algunos años más y tras ellos vendrá una lúgubre soledad, vendrá la vejez temblando sobre su muleta, y tras ella la miseria y la desolación. Tu mundo fantástico palidecerá, tus sueños se desvanecerán y caerán como las hojas amarillas de los árboles... ¡Oh, Nástenka! Sabe que será triste quedarse solo, completamente solo, y no tener ni siquiera nada de qué arrepentirte, nada, absolutamente nada... Porque todo lo que has perdido, todo eso no fue nada, un cero redondo y absurdo, ¡no han sido más que sueños!

—Vamos, no me haga sentir más pena —dijo Nástenka, secándose una lágrima que corría por su mejilla—. ¡Ahora eso se acabó! Estaremos juntos. Ahora, pase lo que pase conmigo, nunca nos separaremos. Escuche, soy una chica sencilla, no he tenido mucha educación, aunque mi abuela sí me consiguió un maestro. Pero de veras que le entiendo, porque todo lo que me ha contado usted yo misma lo pasé cuando mi abuela me enganchó a su vestido. Por supuesto, no podría haberlo descrito tan bien como lo ha hecho usted, yo no tengo educación —añadió tímidamente, porque todavía sentía cierto respeto por mi patética elocuencia y mi estilo elevado—. Pero me alegro mucho de que haya sido tan honesto conmigo. Ahora lo conozco a fondo, lo sé todo. ¿Y sabe qué? Yo también quiero contarle mi historia, sin ocultar nada, y después de eso debe darme un consejo. Es un hombre muy inteligente, ¿promete darme ese consejo?

—Ah, Nástenka —respondí—, aunque nunca he dado consejos, y mucho menos inteligentes, lo que usted me propone me parece muy sensato. Cada uno de nosotros le dará un buen consejo al otro. Bueno, mi bella Nástenka, ¿qué tipo de consejo necesita? Dígamelo con franqueza, en este momento estoy tan alegre y feliz, me siento tan audaz y sensato, que no me será difícil encontrar respuestas.

—¡No, no! —me interrumpió Nástenka riéndose—. No quiero un consejo sensato, quiero un consejo cálido y fraternal, ¡como si me quisiera usted de toda la vida!

—¡De acuerdo, Nástenka, de acuerdo! —exclamé entusiasmado—. Y si la hubiera querido durante veinte años, no podría haberla querido tanto como en este momento.

—Deme su mano —dijo Nástenka.

—¡Aquí está! —dije, ofreciéndosela.

—Pues comencemos con mi historia.

LA HISTORIA DE NÁSTENKA

—La mitad de mi historia ya la conoce; es decir, sabe que tengo una abuela anciana...

—Si la otra mitad es tan breve como esa... —la interrumpí riendo.

—Calle y escuche. En primer lugar, debe aceptar no interrumpirme, o de lo contrario perderé el hilo. Bueno, escuche en silencio. Tengo una abuela anciana. Me fui a vivir con ella cuando era muy pequeña, porque mi padre y mi madre murieron. Parece que la abuela fue una vez más rica, porque ahora recuerda tiempos mejores. Ella me enseñó francés, y luego me consiguió un maestro. Cuando tenía quince años (ahora tengo diecisiete) dejé de recibir lecciones. Fue en ese momento cuando hice algunas travesuras, pero lo que hice no se lo diré, basta con decir que no eran muy importantes. Pero la abuela me llamó una mañana y me dijo que como era ciega no podía vigilarme; tomó un alfiler y sujetó mi vestido al suyo, diciendo que deberíamos quedarnos así durante el resto de nuestras vidas si, por supuesto, no me convertía en una mejor chica. De hecho, al principio era imposible alejarme de ella: tenía que trabajar, leer, estudiar, todo lo hacía junto a la abuela. Traté de engañarla una vez y convencí a Fiokla para que se sentara en mi lugar. Fiokla es nuestra asistenta, está sorda. Fiokla se sentó en mi lugar; en ese momento la abuela dormía en su sillón y yo fui a ver a una amiga que estaba cerca. Bueno, terminó en problemas. La abuela se despertó mientras yo estaba fuera y me preguntó algo, ella pensaba que yo todavía estaba sentada tranquilamente en mi lugar. Fiokla vio que la abuela le preguntaba algo, pero no sabía el qué. Se preguntó qué hacer, desabrochó el alfiler y salió corriendo...

En ese momento Nástenka se detuvo y se echó a reír. Me reí con ella. Al instante ella paró.

—Oiga, no se ría de mi abuela. Yo me río porque es gracioso... ¿Qué puedo hacer, ya que la abuela es así? Pero aun así le tengo cariño en cierto modo. Bueno, pues esa vez me riñó y tuve que sentarme inmediatamente en mi lugar, y después no me permitió moverme. Oh, se me olvidaba decirle que nuestra casa es nuestra, es decir, de la abuela; es una casita de madera con tres ventanas tan antigua como la propia abuela. Arriba hay un desván, y al desván se mudó un nuevo inquilino...

—Entonces tenías un viejo inquilino —observé de paso.

—Sí, claro —respondió Nástenka—, y sabía morderse la lengua mejor que usted. De hecho, casi nunca usaba la lengua. Era un viejo seco, mudo, ciego y cojo, y al final no pudo seguir viviendo, murió. Entonces tuvimos que buscar un nuevo inquilino, porque no podíamos vivir sin un inquilino; el alquiler, junto con la pensión de la abuela, es casi todo lo que tenemos. Pero el nuevo inquilino, por suerte, era un joven que no era de aquí. Como no regateaba el alquiler, la abuela lo aceptó, y después me preguntó: «Dime, Nástenka, ¿es nuestro inquilino joven o viejo?». No quería mentir, así que le dije a la abuela: «No es precisamente joven pero no es viejo». «¿Y tiene un aspecto agradable?», preguntó la abuela. Nuevamente no quise mentir: «Sí, tiene una pinta agradable, abuela», dije. Y la abuela dijo: «¡Ay, qué fastidio, qué fastidio! Te digo esto, nieta, para que no estés observándolo. ¡Qué tiempos estos! Vaya, un inquilino insignificante como este, y además con un aspecto agradable. ¡Era muy diferente en los viejos tiempos!». La abuela siempre se acordaba de los viejos tiempos. Era más joven en los viejos tiempos, el sol era más cálido en los viejos tiempos, la crema no se agriaba tanto en los viejos tiempos... ¡siempre era todo mejor en los viejos tiempos! Yo me sentaba y me mantenía en silencio, pero pensaba: ¿por qué me lo sugirió la abuela?, ¿por qué preguntó si el inquilino era joven y guapo? Pero eso fue todo, solo lo pensé, y comencé a contar de nuevo mis puntos, seguí tejiendo mi media y lo olvidé por completo.

»Entonces una mañana vino a vernos el inquilino y nos recordó que le habíamos prometido empapelar su habitación. Y hablando y hablando, pues mi abuela habla mucho, me dijo: «Ve, Nástenka, a mi habitación, y tráeme las cuentas». Me levanté de un salto, sonrojada por completo, no sé por qué, y olvidé que estaba unida por el imperdible a la abuela. En lugar de desengancharme a hurtadillas para que el inquilino no pudiera verme, salté de tal modo que la silla de la abuela se movió. Cuando vi que el inquilino se había dado cuenta, me sonrojé, me quedé clavada en el sitio y de repente comencé a llorar. ¡Me sentí tan avergonzada y miserable en ese momento que solo quería morirme! La abuela gritó: «¿A qué estás esperando?», y yo me puse peor que nunca. Cuando el inquilino vio que yo estaba avergonzada por su causa, se inclinó y se fue inmediatamente.

»Después de eso, al menor sonido en el desván me sentía morir. «Es el inquilino, que viene», pensaba, y desabrochaba sigilosamente el imperdible por si acaso. Pero siempre resultaba que no era así, nunca venía. Pasaron quince días. El inquilino envió un mensaje a través de Fiokla diciendo que tenía un gran número de libros en francés y que todos eran buenos libros, que los podíamos leer, así que ¿no le gustaría a la abuela que se los leyera para matar el aburrimiento? La abuela asintió con gratitud, pero preguntó si eran libros morales, porque si los libros fueran inmorales estaría fuera de discusión leerlos, aprendería cosas malas de ellos.

»—¿Y qué aprendería, abuela? ¿Qué hay escrito en ellos?

»—¡Ah! —dijo—. Lo que se describe en ellos es cómo los jóvenes seducen a las muchachas virtuosas; y cómo, con la excusa de que quieren casarse con ellas, las sacan de las casas de sus padres; y cómo después dejan a estas infelices niñas a su suerte y se pierden de la manera más lamentable. He leído muchos de esos libros —dijo la abuela—, y todo está tan bien descrito que una se queda toda la noche leyendo a escondidas. Así que no los leas, Nástenka. ¿Qué libros ha enviado?

»—Son todo novelas de Walter Scott, abuela.

»—¡Novelas de Walter Scott! Vaya, ¿no habrá algún truco? Mira bien, ¿no ha metido una carta de amor entre ellas?

»—No, abuela, no hay una carta de amor.

»—Pero mira debajo de la cubierta, ¡a veces los sinvergüenzas las meten debajo de la cubierta!

»—No, abuela, no hay nada debajo de la cubierta.

»—Bueno, está bien.

»Así que empezamos a leer a Walter Scott, y en aproximadamente un mes habíamos leído casi la mitad. Luego nos envió más y más. Nos envió a Pushkin, de modo que al final no podía estar sin un libro y dejé de pensar en lo maravilloso que sería casarse con un príncipe chino.

»Así estaban las cosas cuando un día me encontré con nuestro inquilino en la escalera. La abuela me había enviado a buscar algo. Él se detuvo, yo me sonrojé y él se sonrojó; pero se echó a reír, me dio los buenos días, preguntó por mi abuela y dijo: «Bueno, ¿han leído los libros?». Respondí que sí. «¿Cuáles les han gustado más?», preguntó. Yo dije:

«*Ivanhoe* y Pushkin son los que más nos han gustado». Y así terminó nuestra conversación.

»Una semana más tarde me lo encontré de nuevo en la escalera. Esta vez la abuela no me había enviado, sino que yo necesitaba algo. Eran más de las dos y el inquilino solía volver a casa a esa hora. «Buenas tardes», dijo él. Yo también le dije buenas tardes.

»—¿No se aburre sentada todo el día con su abuela?

»Cuando me preguntó eso me sonrojé, no sé por qué. Me sentí avergonzada, y nuevamente me sentí ofendida, supongo que porque otras personas habían empezado a hacer preguntas sobre eso. Quise irme sin responder, pero me faltaron las fuerzas.

»—Escuche —dijo—, es usted una buena chica. Perdone que le hable así, pero le aseguro que deseo su bienestar tanto como su abuela. ¿No tiene amigas a las que pueda ir a visitar?

»Le dije que no tenía ninguna, que no había tenido más amiga que Mashenka y que ella se había ido a Pskov.

»—Dígame —dijo—, ¿le gustaría ir al teatro conmigo?

»—¿Al teatro? ¿Y qué pasa con la abuela?

»—Debes irte sin que tu abuela lo sepa...

»—No —dije—, no quiero engañar a la abuela. Adiós.

»—Bueno, pues entonces adiós —respondió, y no dijo nada más.

»Después de la comida vino a vernos, se quedó hablando largo rato con la abuela, le preguntó si salía alguna vez a algún lado, si tenía conocidos, y de repente dijo:

»—Tengo un palco en la ópera para esta noche. Interpretan *El barbero de Sevilla*. Unos amigos querían ir, pero luego me dijeron que no, así que las entradas quedan en mis manos».

»—¡*El barbero de Sevilla*! —gritó la abuela—. ¿Es el mismo que interpretaban en los viejos tiempos?

»—Sí, es el mismo Barbero —dijo, y me miró. Entendí lo que significaba todo y me puse carmesí, y mi corazón comenzó a latir con esperanza.

»—¡Cómo no voy a conocerlo! —dijo la abuela—. Vaya, yo misma hice el papel de Rosina en los viejos tiempos, en una actuación de aficionados.

»—¿No le gustaría ir hoy? —preguntó el inquilino—. Si no mi billete se desperdiciará.

»—Por supuesto, podríamos ir —respondió la abuela—. ¿Por qué no? Además, mi Nástenka nunca ha ido al teatro.

»¡Dios mío, qué alegría! Nos preparamos en seguida, nos pusimos nuestras mejores ropas y partimos. Aunque la abuela era ciega, todavía quería escuchar la música; además, es un alma vieja bondadosa. Quería que me divirtiera, y nosotras solas nunca nos hubiéramos atrevido.

»No te diré cuáles fueron mis impresiones de *El barbero de Sevilla*; pero durante toda aquella velada nuestro inquilino me miró tan amablemente, me habló tan amablemente, que comprendí en seguida que había querido ponerme a prueba por la mañana cuando me propuso ir solos. ¡Qué alegría! Me acosté tan orgullosa, tan alegre, el corazón me latía tanto que tuve un poco de fiebre, y toda la noche estuve delirando sobre *El barbero de Sevilla*.

»Esperaba que viniera a vernos cada vez más a menudo después de eso, pero no fue así en absoluto. Prácticamente dejó de venir. Venía aproximadamente una vez al mes y solo para invitarnos al teatro. Fuimos otras dos veces más. Pero no me gustó nada; vi que simplemente se compadecía de mí porque mi abuela me trataba mal, y eso era todo. Conforme pasó el tiempo me volví más y más inquieta, no podía quedarme quieta, no podía leer, no podía trabajar. A veces me reía y hacía algo para molestar a la abuela, en otras ocasiones lloraba. Por último, adelgacé y estuve casi enferma... La temporada de ópera terminó y nuestro inquilino había renunciado por completo a venir a vernos. Cada vez que nos encontrábamos, siempre en la misma escalera, por supuesto, me saludaba silenciosamente, muy serio, como si no quisiera hablar, y bajaba hasta la puerta principal mientras yo seguía de pie en medio de las escaleras, roja como una cereza, pues toda la sangre se me subía a la cabeza al verlo.

»Y ahora viene el final. Hace apenas un año, en mayo, el inquilino vino a decirle a la abuela que había terminado sus negocios aquí y que debía regresar a Moscú por un año. Cuando escuché eso, caí medio muerta en una silla. La abuela no se dio cuenta de nada; y él, habiéndonos informado de que debía dejarnos, hizo una reverencia y se fue.

»¿Qué iba a hacer? Tras pensarlo mucho e inquietarme, finalmente me decidí. Al día siguiente él se iba, y decidí terminar con todo esa noche, cuando la abuela se fuera a la cama. Y así sucedió. Preparé toda mi ropa en un hatillo, la ropa blanca que necesitaba, y con el hatillo en la mano, más muerta que viva, subí adonde estaba nuestro inquilino. Creo que debí tardar una hora en subir la escalera. Cuando abrí su puerta, gritó al verme. Pensó que yo era un fantasma y se apresuró a darme un poco de agua, porque apenas podía mantenerme en pie. Mi corazón latía tan violentamente que me dolía la cabeza y me sentía mareada. Cuando me recuperé, comencé por dejar mi hatillo en su cama, me senté junto a él, escondí mi rostro entre las manos y me eché a llorar. Creo que él lo entendió al instante. De pie ante mí, pálido, me miró con tanta tristeza que mi corazón se desgarró.

»—Escuche, Nástenka —comenzó a decir—, escuche, no puedo hacer nada. Soy un hombre pobre, no tengo nada, ni siquiera un puesto de trabajo decente. ¿Cómo podríamos vivir si me casara con usted?

»Hablamos durante largo tiempo, pero al final me rebelé. Le dije que no podía seguir viviendo con mi abuela, que debía huir de ella, que no quería quedarme pegada a ella y que me iría con él a Moscú, porque no podía vivir sin él. La vergüenza, el orgullo y el amor clamaban en mí al mismo tiempo, y casi caí en la cama entre convulsiones. ¡Tanto temía un rechazo!

»Se sentó durante unos minutos en silencio, luego se levantó, se acercó a mí y me tomó de la mano.

»—Escuche, mi querida Nástenka —dijo entre lágrimas—, escuche. Le juro que si alguna vez estoy en condiciones de casarme, usted será mi felicidad. Le aseguro que usted es la única que podría hacerme feliz. Escuche, me voy a Moscú y estaré allí solo un año. Espero poder arreglar mis asuntos. Cuando regrese, si todavía me ama, le juro que seremos felices. Ahora es imposible, no puedo, no tengo derecho a prometerle nada. Se lo repito, si no es dentro de un año, seguro que será dentro de algún tiempo. Eso sí, si no prefiere a nadie más, porque no puedo ni me atrevo a obligarla a darme su palabra.

»Eso fue lo que me dijo, y al día siguiente se fue. Acordamos no decirle ni una palabra a la abuela, ese era su deseo. Bueno, mi historia ya casi ha terminado. Ha pasado apenas un año. Ha regresado, lleva aquí tres días y...

—¿Y qué? —exclamé, impaciente por escuchar el final.

—¡Y hasta ahora no se ha presentado! —respondió Nástenka, como si estuviera haciendo acopio de todo su valor—. No hay señales de él.

Aquí se detuvo, quedó callada por un momento, inclinó la cabeza y, cubriéndose la cara con las manos, rompió en tales sollozos que al oírlos me dio una punzada en el corazón. No esperaba en lo más mínimo semejante desenlace.

—Nástenka —comencé a decir tímidamente, con voz aduladora—. ¡Nástenka! ¡Por el amor de Dios, no llore! ¿Cómo lo sabe? Tal vez aún no esté aquí...

—¡Está aquí! —repitió Nástenka—. Él está aquí y lo sé. Aquella noche, antes de que se fuera, llegamos a un acuerdo. Cuando hablamos todo lo que le he dicho a usted y llegamos a un acuerdo, vinimos hasta aquí para pasear un rato, justamente en este muelle. Eran las diez, nos sentamos en este banco. Yo no estaba llorando entonces y lo escuchaba con deleite. Él dijo que vendría a casa tan pronto como llegara, y que si no lo rechazaba se lo contaríamos todo a la abuela. Ahora él está aquí, lo sé, ¡y aún no ha venido!

Y de nuevo rompió a llorar.

—Dios mío, ¿no puedo hacer nada para ayudarla en su dolor? —exclamé, levantándome del asiento con total desesperación—. Dígame, Nástenka, ¿no me sería posible acudir a verlo?

—¿Sería eso posible? —preguntó de repente, levantando la cabeza.

—No, por supuesto que no —dije—. Pero le diré una cosa, escríbale una carta.

—No, eso es imposible, no puedo hacer eso —respondió con decisión, inclinando la cabeza y sin mirarme.

—¿Cómo que es imposible? ¿Por qué es imposible? —continué, aferrándome a mi idea—. Pero, Nástenka, depende del tipo de carta; hay cartas y cartas... Ah, Nástenka, tengo razón; confíe en mí, ¡confíe! No le daré malos consejos. Todo puede arreglarse. Usted ya dio el primer paso, por lo que ahora...

—No puedo. ¡No puedo! Parecería como si le estuviera suplicando...

—Ah, mi buena Nástenka —dije, apenas capaz de ocultar una sonrisa—. No, no, en realidad tiene derecho a hacerlo, porque él le hizo una promesa. Además, por lo que veo, es un hombre de sentimientos delicados, que se portó muy bien —continué, dejándome llevar cada vez más por la lógica de mis propios argumentos y convicciones—. ¿Cómo se comportó? Se comprometió con una promesa. Dijo que, si se casaba, no se casaría con nadie más que con usted. Le dio plena libertad para rechazarlo de inmediato... En tales circunstancias, puede usted dar el primer paso; tiene el derecho, está en una posición privilegiada, si, por ejemplo, quisiera liberarlo de su promesa...

—Dígame, ¿cómo le escribiría?

—¿Escribir el qué?

—Esa carta.

—Pues escribiría: «Estimado señor...».

—¿Realmente debo empezar así, «Estimado señor»?

—¡Ciertamente debe hacerlo! Aunque, después de todo, no lo sé, me imagino...

—Bueno, bueno, siga.

—«Estimado señor, debo disculparme por...». Pero no, no hay necesidad de disculparse; el hecho en sí lo justifica todo. Escriba simplemente:

«Le escribo esta carta. Perdone mi impaciencia, pero he sido feliz durante todo un año en la esperanza; ¿soy culpable de no poder soportar ahora un día de duda? Ahora que ha venido, tal vez sus intenciones hayan cambiado. Si es así, esta carta es para decirle que no se lo reprocho ni le culpo. No le culpo porque no tengo poder sobre su corazón, ¡tal es mi destino!

Es usted un hombre honorable. No sonreirá ni se enojará ante estas líneas impacientes. Recuerde que están escritas por una pobre muchacha que está sola; que no tiene a nadie que la dirija, a nadie que la aconseje, y que ella misma nunca podría controlar su corazón. Pero disculpe que una duda se haya apoderado, aunque sea por un instante, de mi corazón. Usted no es capaz de ofender, ni siquiera en el pensamiento, a aquella que tanto lo amó y que aún lo ama».

—Sí, ¡eso es exactamente lo que estaba pensando! —exclamó Nástenka, y sus ojos brillaron de alegría—. ¡Oh, ha resuelto mis dificultades! ¡Dios lo ha enviado a mí! ¡Gracias, gracias!

—¿Por qué? ¿Porque Dios me envía? —pregunté, mirando encantado su carita alegre.

—Pues sí, por eso también.

—¡Ah, Nástenka! ¡Uno agradece que algunas personas vivan al mismo tiempo que uno! Yo le agradezco el haberme encontrado, ¡podré recordarla toda mi vida!

—Bueno, ya basta. Ahora escuche: acordamos entonces que en cuanto llegara me lo haría saber, dejando una carta en casa de unas personas buenas y sencillas que conozco y que no saben nada del asunto. O, si fuera imposible escribirme una carta, porque una carta no siempre lo dice todo, estaría aquí a las diez de la mañana del día de su llegada, donde habíamos acordado encontrarnos. Sé que ha llegado ya, pero es el tercer día y no hay señales de él ni ninguna carta. Es imposible para mí alejarme de mi abuela por la mañana. Entregue mi carta mañana a esas amables personas de las que le he hablado, ellas la reenviarán. Y si hay respuesta, tráigala mañana a las diez.

—¡Pero la carta, la carta! Primero debe escribir la carta. Así que tal vez todo tenga que ser para pasado mañana.

—La carta... —dijo Nástenka un poco confundida—. La carta... bueno...

Pero ella no terminó la frase. Al principio apartó su cara de mí, sonrojada como una rosa, y de repente sentí en mi mano una carta, que evidentemente había sido escrita mucho antes, ya lista y sellada. Un recuerdo familiar, dulce y encantador flotó en mi mente.

—Ro-si-i-na-a —comencé a decir.

—¡Rosina! —ambos tarareamos juntos. Casi la abracé con deleite, mientras se sonrojaba como solo ella podía hacerlo y reía entre las lágrimas que brillaban como perlas en sus pestañas negras.

—¡Vamos, basta! Despídase —dijo hablando con precipitación—. Aquí está la carta y la dirección a donde debe llevarla. ¡Adiós! ¡Hasta que nos volvamos a encontrar! ¡Hasta mañana!

Me apretó ambas manos con calidez, asintió con la cabeza y voló como una flecha por la calle lateral. Me quedé quieto durante mucho tiempo, siguiéndola con la mirada.

«¡Hasta mañana! ¡Hasta mañana!», resonaba en mis oídos mientras ella desaparecía de mi vista.

TERCERA NOCHE

Hoy era un día sombrío y lluvioso, sin un rayo de sol, como la vejez que tenía ante mí. Me oprimían pensamientos tan extraños, sensaciones tan lúgubres, preguntas todavía tan oscuras para mí que se agolpaban en mi cabeza... parecía que no tenía ni el poder ni la voluntad para resolverlas. ¡No me correspondía a mí resolver todo eso!

Hoy no nos veríamos. Ayer, cuando nos despedimos, las nubes empezaron a acumularse en el cielo y se levantó la niebla. Yo dije que el día siguiente sería un mal día, ella no respondió; yo no quise decir nada que la contrariara. Para ella ese día sería brillante y claro, ninguna nube debía oscurecer su felicidad.

—Si llueve no nos veremos —dijo—. No vendré.

Pensé que ella no notaría la lluvia de hoy, y sin embargo no ha venido.

Ayer fue nuestra tercera cita, nuestra tercera noche blanca...

¡Pero cómo la alegría y la felicidad hacen a cualquiera bueno! ¡Qué rebosante de amor está el corazón! Uno parece anhelar derramar todo su corazón en otro; uno quiere que todo sea alegre, que todo sean risas. ¡Y qué contagiosa es esa alegría! Había tanta suavidad ayer en sus palabras, tan bondadoso sentimiento en su corazón... ¡Qué solícita y amigable era! ¡Con qué ternura trató de darme valor! ¡Oh, la coquetería de la felicidad! Mientras yo... lo tomaba todo como algo genuino, pensé que ella...

Pero, Dios mío, ¿cómo pude haberlo pensado? Cómo pude haber estado tan ciego cuando todo ya se lo había llevado otro. Cuando nada era mío; cuando, en realidad, su misma ternura hacia mí, su ansiedad, su amor... sí, su amor por mí no era más que alegría ante la idea de ver a otro hombre tan pronto, el deseo de incluirme también a mí en su felicidad... Cuando él no vino, cuando esperamos en vano, ella frunció el ceño, se volvió tímida y desanimada. Sus movimientos, sus palabras, ya no eran tan ligeros, tan juguetones, tan alegres. Y, cosa extraña, redobló su atención hacia mí, como si instintivamente deseara prodigarme con lo que con tanta ansia deseaba para sí, porque temía que sus deseos no se llegaran a cumplir. Mi Nástenka estaba tan abatida, tan consternada, que creo que por fin se dio cuenta de que yo la amaba y se apiadó de mi pobre amor. Sí, cuando somos infelices sentimos más la infelicidad de los demás; el sentimiento no se destruye sino que se concentra...

Fui a su encuentro con el corazón lleno y colmado de impaciencia. No tenía el presentimiento de que sentiría lo que siento ahora, ni que todo acabaría de otra manera. Ella estaba radiante de alegría, esperaba una respuesta. La respuesta era él mismo en persona. Él debía venir, acudir a su llamada. Ella llegó una hora antes que yo. Al principio se reía de todo, se reía de cada palabra que yo decía. Empecé a hablar, pero me callé.

—¿Sabe por qué me alegro tanto? —dijo—. ¿Por qué estoy tan contenta de verlo? ¿Por qué me gusta tanto hoy?

—¿Y bien? —pregunté, y mi corazón comenzó a latir con fuerza.

—Lo quiero porque usted no se ha enamorado de mí. Sabe que algunos hombres en su lugar me habrían estado molestando e importunando, habrían suspirado y se habrían sentido miserables, ¡mientras que usted es tan amable!

Luego me retorció la mano con tanta fuerza que casi grité. Ella se echó a reír.

—¡Dios mío, qué buen amigo es usted! —dijo muy seria un minuto después—. Dios lo envió a mí. ¿Qué hubiera sido de mí si no hubiera estado conmigo ahora? ¡Qué desinteresado es! ¡Cuán verdaderamente se preocupa por mí! Cuando me case seremos grandes amigos, más que hermano y hermana. Voy a quererlo a usted casi tanto como a él.

Me sentí terriblemente triste en ese momento, pero algo parecido a una risa se agitaba en mi alma.

—Está usted siendo impulsiva —le dije—. Tiene miedo; cree que no vendrá.

—¡Oh, querido! —respondió ella—. Si fuera menos feliz, creo que lloraría por su falta de fe, por sus reproches. Sin embargo, me ha devuelto el buen juicio y me ha dado mucho que pensar; pero lo pensaré más tarde; ahora le reconoceré que tiene razón. Sí, de alguna manera no soy yo misma; estoy a la expectativa y siento todo como si fuera demasiado ligero. ¡Pero ya basta de sentimientos!

En ese momento escuchamos unos pasos y en la oscuridad vimos una figura que venía hacia nosotros. Ambos empezamos a temblar, ella ahogó un grito. Dejé caer su mano e hice ademán de alejarme. Pero nos equivocamos, no era él.

—¿De qué tiene miedo? ¿Por qué me soltó la mano? —dijo, ofreciéndomela de nuevo—. Vamos, ¿qué pasa? Lo recibiremos juntos, quiero que vea lo mucho que nos queremos.

—¡Lo mucho que nos queremos! —grité.

«¡Oh, Nástenka, Nástenka! —pensé— ¡cuánto me has dicho con esas palabras! Tal cariño como este enfría el corazón y pesa en el alma. Tu mano está fría, la mía arde como el fuego. ¡Qué ciega estás! ¡Oh, qué insoportable puede ser a veces una persona feliz! ¡Pero yo no podría estar enojado contigo!».

Por fin mi corazón rebosaba.

—¡Escuche, Nástenka! —exclamé—. ¿Sabe cómo ha sido todo mi día?

—¿Por qué? ¡Dígamelo rápido! ¿Por qué no lo ha dicho hasta ahora?

—Para empezar, Nástenka, cuando cumplí todos sus encargos, entregué la carta y fui a ver a sus buenos amigos, entonces... luego me fui a casa y me acosté.

—¿Eso es todo? —me interrumpió ella, riendo.

—Sí, casi todo —respondí conteniéndome, pues lágrimas tontas ya asomaban a mis ojos—. Me desperté una hora antes de nuestra cita, y sin embargo era como si no hubiese dormido. No sé qué me pasó. Vine a contárselo todo, sintiendo como si el tiempo se hubiera detenido, sintiendo como si una sensación, un único sentimiento, debiera permanecer conmigo desde ese momento para siempre, como si un minuto debiera durar toda la eternidad, y como si toda la vida se hubiera detenido para mí... Cuando desperté, parecía como si algún motivo musical que me era familiar desde hacía mucho tiempo, oído en algún lugar del pasado, olvidado y voluptuosamente dulce, hubiera vuelto a mí... Me parecía que había estado clamando en mi corazón toda mi vida, y que solo ahora...

—¡Dios mío! —me interrumpió Nástenka—. ¿Qué significa todo esto? No entiendo una palabra.

—Ah, Nástenka, de alguna manera quería transmitirte esa extraña impresión... —comencé a decir con una voz lastimera en la que todavía se escondía una esperanza, aunque muy débil.

—Déjelo. ¡Guarde silencio! —dijo, y en un instante la muy pícara lo adivinó todo.

De repente se volvió extraordinariamente locuaz, alegre, traviesa. Me tomó del brazo, se rio, quería que yo también me riera, y cada palabra confusa que pronunciaba evocaba su risa prolongada y sonora... Empecé a sentirme enojado, ella de repente había comenzado a coquetear.

—¿Sabe usted? —dijo—. Me molesta un poco que no esté enamorado de mí. ¡No se puede comprender la naturaleza humana! Pero, de todos modos, señor inaccesible, no puede reprocharme por ser tan simple. Yo le cuento a usted todo, todo, cualquier pensamiento tonto que se me ocurre.

—¡Escuche! Creo que son las once —dije mientras el lento repique de una campana sonaba desde una torre distante. De repente se detuvo, dejó de reír y empezó a contar.

—Sí, son las once —dijo finalmente con voz tímida e insegura.

En seguida lamenté haberla asustado, haberle hecho contar la hora, y me maldije por mi impulso rencoroso. Sentí pena por ella y no sabía cómo expiar lo que había hecho.

Empecé a consolarla, a buscar razones para que no viniera, a presentarle diversos argumentos, motivos. Nadie podría haber sido más fácil de engañar que ella en ese momento; y, de hecho, cualquiera en un momento así escucharía con gusto cualquier consuelo, cualquiera que fuera, y se alegría mucho si pudiera encontrar una sombra de justificación.

—Pero en realidad es algo absurdo —dije yo, cada vez más entusiasmado y admirando la extraordinaria claridad de mi argumento—. No pudo haber venido. Usted me ha confundido y cautivado, Nástenka, hasta el punto de que yo también he perdido la noción del tiempo... Piense, acaba de recibir la carta; supongamos que no puede venir, supongamos que va a contestar la carta, que no llegará antes de mañana. Iré a buscarla mañana en cuanto amanezca y la avisaré inmediatamente. Considere que hay miles de posibilidades; tal vez no estaba en casa cuando llegó la carta, y puede que ni siquiera la haya leído todavía. Puede pasar cualquier cosa, ¿sabe?

—Sí, sí —respondió Nástenka—. No pensé en eso. Por supuesto que puede pasar cualquier cosa —prosiguió en un tono que no ofrecía oposición, pero en el que resonaba algún que otro pensamiento lejano como una disonancia irritante—. Le digo lo que debe hacer. Mañana por la mañana vaya lo más temprano posible, y si recibe algo me avisa inmediatamente. Sabe dónde vivo, ¿no? —Y empezó a repetirme su dirección.

Entonces, de repente, se volvió tan tierna y solícita conmigo... Parecía escuchar atentamente todo cuanto le decía; pero cuando le hice alguna pregunta ella guardó silencio, se mostró confundida y volvió la cara. La miré a los ojos; sí, estaba llorando.

—¿Será posible? ¡Ay, qué niña es usted! ¡Qué puerilidad!... ¡Venga, ya basta!

Intentó sonreír, calmarse, pero le temblaba la barbilla y su pecho todavía se agitaba.

—Estaba pensando en usted —dijo después de un minuto de silencio—. Es tan amable que yo sería de piedra si no lo sintiera... ¿Sabe lo que se me ha ocurrido? Estaba comparándolos a los dos. ¿Por qué él no es usted? ¿Por qué no es como usted? Él no es tan bueno como usted, aunque lo amo más que a usted.

No respondí. Parecía esperar que yo dijera algo.

—Por supuesto, puede ser que no lo entienda en absoluto, que no lo conozca. Ya sabe usted, siempre lo he temido;

siempre era tan serio, por así decirlo, tan orgulloso. Por supuesto, sé que es solo que parece así, sé que hay más ternura en su corazón que en el mío... Recuerdo cómo me miró cuando entré a su habitación con el hatillo, ¿se acuerda? Pero, aun así, lo respeto demasiado, y esto hace que no seamos iguales.

—No, Nástenka, no —respondí—. Eso muestra que lo ama más que a nada en el mundo, y mucho más que a usted misma.

—Sí, supongamos que sea así —respondió ingenuamente Nástenka—. ¿Pero sabe lo que me sorprende ahora? Aunque no estoy hablando de él ahora, sino hablando en general; todo esto me vino a la mente hace algún tiempo. Escuche, ¿por qué no podemos ser todos como hermanos? ¿Por qué incluso los mejores hombres parecen siempre ocultar algo a los demás y callar? ¿Por qué no decir claramente lo que hay en el corazón, cuando sabemos que no se habla en vano? ¿Por qué parecer más duro de lo que realmente se es? Es como si todos tuvieran miedo de violentar sus propios sentimientos al expresarlos demasiado rápidamente.

—Oh, Nástenka, lo que dice es verdad, pero hay muchas razones para ello —la interrumpí, reprimiendo mis propios sentimientos en ese momento más que nunca.

—¡No, no! —respondió ella con profundo sentimiento—. Usted, por ejemplo, no es como los demás. Realmente no sé cómo decirle lo que siento, pero me parece que usted, por ejemplo... en este momento... me parece que está sacrificando algo por mí —añadió tímidamente, mirándome de manera fugaz—. Perdóneme por decirlo, soy una muchacha sencilla, ¿sabe? He visto muy poco de la vida, y realmente a veces no sé cómo decir las cosas —añadió con una voz que temblaba con algún sentimiento oculto, mientras a la par intentaba sonreír—. Me gustaría decirle que le estoy muy agradecida, y que comprendo todo esto... ¡Oh, que Dios le dé felicidad por ello! Lo que me dijo entonces sobre su soñador ahora es completamente falso, quiero decir, que no tiene relación con usted. Se está recuperando, es un hombre muy diferente al que describió. Si alguna vez se enamora de alguien, ¡que Dios le dé felicidad con ella! No le deseo nada a ella, porque será feliz con usted. Lo sé porque yo también soy una mujer, así que debe creerme cuando se lo digo.

Ella dejó de hablar y me estrechó la mano cálidamente. Yo tampoco podía hablar por la emoción. Pasaron algunos minutos.

—Sí, está claro que no vendrá esta noche —dijo al fin levantando la cabeza—. Es tarde.

—Vendrá mañana —dije, en un tono más firme y convincente.

—Sí —añadió ella sin ningún signo de su anterior decaimiento—. Ahora veo que no podrá venir hasta mañana. Bueno, adiós, hasta mañana. Si llueve tal vez no vendré mañana. Pero pasado mañana sí vendré, seguro, pase lo que pase. Venga usted aquí sin falta, quiero verlo, le contaré todo.

Y luego, cuando nos despedimos, me tendió la mano y me dijo, mirándome con franqueza:

—Siempre estaremos juntos, ¿verdad?

¡Oh, Nástenka, Nástenka! ¡Si supieras lo solo que estoy ahora!

Tan pronto como dieron las nueve no pude quedarme en casa, sino que me vestí y salí a pesar del tiempo. Estuve allí, sentado en nuestro banco. Fui hasta su calle, pero sentí vergüenza y me volví sin mirar sus ventanas, cuando estaba a dos pasos de su puerta. Regresé a casa más melancólico que nunca. ¡Qué tiempo más húmedo y sombrío! Si hubiera hecho buen tiempo, habría caminado durante toda la noche...

¡Pero mañana, mañana! Mañana me lo contará todo. Sin embargo, la carta no ha llegado hoy. Pero eso era de esperar. Ya estarán juntos...

CUARTA NOCHE

¡Dios mío, cómo ha acabado todo! ¡En qué ha terminado todo!

Llegué a las nueve. Ella ya estaba allí. La vi desde lejos. Estaba de pie como la primera vez, con los codos apoyados en la barandilla, y no me oyó acercarme a ella.

—¡Nástenka! —la llamé, reprimiendo mi agitación con esfuerzo.

Ella se volvió hacia mí rápidamente.

—¿Y bien? —dijo ella—. ¡Vamos, dese prisa!

La miré perplejo.

—Bueno, ¿dónde está la carta? ¿La ha traído? —repitió, agarrándose a la barandilla.

—No, no hay ninguna carta —dije al fin—. ¿Pero es que acaso no ha venido?

Ella palideció terriblemente y me miró largo rato sin moverse. Había destruido su última esperanza.

—Bueno, que Dios esté con él —dijo finalmente con voz quebrada—. Que Dios le perdone si me abandona así.

Ella bajó la mirada, luego intentó mirarme y no pudo. Durante varios minutos estuvo tratando de dominar su emoción. De repente se dio la vuelta, apoyó los codos en la barandilla y se deshizo en lágrimas.

—¡Oh, no, no llore! —empecé a decir, pero mirándola no tuve valor para continuar; además, ¿qué podía decirle yo?

—No intente consolarme —dijo entre lágrimas—. No hable de él; no me diga que vendrá, que no me ha rechazado de forma tan cruel, tan inhumanamente como lo ha hecho. ¿Por qué? ¿Por qué? ¿Puede que hubiera algo en mi carta, en esa desafortunada carta?

En ese momento los sollozos ahogaron su voz. Mi corazón se partió cuando la miré.

—¡Oh, qué inhumano y cruel es esto! —ella comenzó de nuevo—. Y ni una línea, ¡ni una línea! Al menos podría haber escrito que no me quería, que me rechazaba... ¡pero ni una línea en tres días! ¡Qué fácil le resulta herir, insultar a una pobre muchacha indefensa, cuyo único defecto ha sido amarlo! ¡Oh, cuánto he sufrido durante estos tres días! ¡Oh, Dios mío! Cuando pienso que yo fui la primera en ir a verlo, que me humillé ante él, que lloré, que le pedí un poco de amor... ¡y después de eso...! Escuche —dijo volviéndose hacia mí, y sus ojos negros brillaron—, pero no es así, no puede ser así, ¡eso no es natural! O se equivoca usted o yo; quizás no ha recibido la carta. ¿Quizás todavía no sabe nada al respecto? ¿Cómo podría ser? Juzgue usted mismo, dígame, por el amor de Dios, explíquemelo porque yo no puedo entenderlo. ¿Cómo podría alguien comportarse de una forma tan grosera y bárbara como se ha comportado conmigo? ¡Ni una palabra! Vaya, la criatura más baja del mundo es tratada con más compasión. ¿Es posible que haya oído algo? ¿Tal vez alguien le haya dicho algo sobre mí? —gritó, volviéndose hacia mí inquisitivamente—. ¿Qué piensa usted?

—Escuche, Nástenka, mañana iré a verlo en su nombre.

—¿Sí?

—Lo interrogaré sobre todo, le contaré todo.

—¿Sí?

—Escriba una carta. ¡No diga que no, Nástenka, no diga que no! Le haré respetar su comportamiento, se enterará de todo, y si...

—No, amigo mío, no —me interrumpió ella—. ¡Es suficiente! Ni una palabra más, ni una línea más mía... ¡es suficiente! No lo conozco; ya no lo amo. Lo... olvidaré.

Ella no pudo continuar.

—¡Cálmese, cálmese! Siéntese aquí, Nástenka —le dije, haciéndola sentar en el banco.

—Estoy tranquila. No se moleste. No es nada. Son solo lágrimas, pronto se secarán. ¿Cree que me voy a matar, que me arrojaré al río?

Mi corazón rebosaba de emoción; traté de hablar, pero no pude.

—Escuche —dijo tomando mi mano—. Usted no se habría comportado así, ¿verdad? No habría abandonado a una muchacha que se acercó a usted por sí misma. No le habría lanzado una burla descarada a su débil y tonto corazón. Usted habría cuidado de ella. Se habría dado cuenta de que estaba sola, que no sabía cuidar de sí misma y que no podía protegerse de su amor, que no era culpa suya, no, que no era culpable... que ella no había hecho nada malo... ¡Dios mío, Dios mío!

—¡Nástenka! —grité por fin, incapaz de controlar mi emoción—. ¡Nástenka, me tortura! ¡Hiere mi corazón, me está matando, Nástenka! ¡No puedo quedarme en silencio! ¡Por fin debo hablar, expresar lo que oprime mi corazón!

Mientras decía esto me había incorporado. Ella tomó mi mano y me miró sorprendida.

—¿Qué es lo que le ocurre? —dijo por fin.

—¡Escúcheme! —dije resueltamente—. ¡Escúcheme, Nástenka! Lo que voy a decirle ahora es una tontería, un imposible, un absurdo. Sé que esto nunca podrá ser, pero no puedo quedarme callado. Por lo que está sufriendo ahora, le ruego de antemano que me perdone.

—¿Por qué? —dijo, secándose las lágrimas y mirándome fijamente, mientras una extraña curiosidad brillaba en sus atónitos ojos—. ¿Cuál es el problema?

—Es imposible, ¡pero la amo, Nástenka! ¡Eso me ocurre! Ahora todo está dicho —dije con un gesto de la mano—. Ahora verá si puede seguir hablándome como acaba de hacerlo, si puede escuchar lo que voy a decirle...

—Bueno, ¿pero qué? —me interrumpió—. ¿Qué hay de nuevo? Sabía que me amaba desde hace mucho tiempo, pero siempre pensé que simplemente le gustaba así... sin segunda intención. ¡Oh, Dios mío!

—Al principio era simplemente simpatía, Nástenka, ¡pero ahora... ahora...! Estoy en la misma situación que usted cuando fue a verlo con su hatillo. Pero en peor situación, Nástenka, porque él entonces no quería a nadie, pero usted sí quiere a otro ahora.

—¿Qué me está diciendo? No lo entiendo en lo más mínimo. Pero dígame, ¿con qué fin...? Bueno, no quiero decir para qué, sino por qué así... tan de repente... ¡Dios mío! ¡Estoy diciendo tonterías! Pero es que usted...

Nástenka quedó desconcertada. Sus mejillas ardían; bajó la mirada.

—¿Qué puedo hacer, Nástenka? ¿Qué voy a hacer? Yo tengo la culpa. He abusado de usted... Pero no, no, no tengo la culpa, Nástenka. Lo siento, lo sé, porque mi corazón me dice que tengo razón, porque no puedo hacerle daño de ninguna manera, no puedo herirla. Fui su amigo, sigo siendo su amigo, no he cambiado nada. Ahora caen mis lágrimas, Nástenka. Dejémoslas fluir, no hacen daño a nadie. Se secarán, Nástenka...

—Siéntese, siéntese —dijo, haciéndome sentar en el banco—. ¡Ay, Dios mío!

—No, Nástenka, no me sentaré. No puedo quedarme más aquí, no volverá a verme. Se lo contaré todo y me iré. Solo quiero decirle que nunca habría descubierto que la amaba. Habría guardado mi secreto. No la habría preocupado en un momento así con mi egoísmo. ¡No! Pero no pude resistirlo ahora; usted misma empezó a hablar del tema, es su culpa, usted es la culpable, no yo. No puede alejarme de usted...

—¡Claro que no, yo no lo ahuyento, no! —dijo Nástenka, disimulando lo mejor que pudo, la pobre, su confusión.

—¿No me echa? Pero yo mismo desearía huir de usted. Y me iré, pero primero se lo contaré todo, porque cuando usted hablaba no podía quedarme impasible, cuando lloraba, cuando estaba sufriendo por... por... hablaré de ello, Nástenka... por ser abandonada, por su amor rechazado, sentí que en mi corazón había tanto amor para usted, Nástenka, ¡tanto amor! Era tan amargo no poder ayudarla con mi amor, que mi corazón se rompía y yo... ¡No podía quedarme en silencio, tenía que hablar, Nástenka, tenía que hablar!

—¡Sí, sí! Hábleme —dijo Nástenka con un gesto indescriptible—. Tal vez le parezca extraño que le hable así, pero... ¡hable! ¡Después hablaré yo! Se lo contaré todo.

—Siente pena por mí, Nástenka, simplemente siente pena por mí, mi querida amiga. Lo que se hace no se puede arreglar. Lo que se dice no se puede retractar. ¿No es así? Ahora sabrá todo. Este es el punto de partida. Muy bien. Ahora está todo bien, tan solo escuche. Cuando estaba sentada llorando pensé para mis adentros... ¡oh, déjeme decirle lo que estaba pensando!... pensé que... por supuesto que no puede ser, Nástenka... pensé que usted... pensé que usted de alguna manera... por algún extraño motivo había dejado de amarlo. Entonces... yo pensaba esto ayer y anteayer, Nástenka... entonces habría hecho... ciertamente habría hecho algo para conseguir que me quisiera; porque usted misma lo ha dicho, Nástenka, que casi me quería. ¿Y ahora qué? Bueno, esto es casi todo lo que quería decirle; solo queda decirle qué pasaría si me amara, solo eso, nada más. Escuche, amiga mía, porque sea como sea es mi amiga, yo soy, por supuesto, un hombre pobre y humilde, insignificante. Pero ese no es el punto... estoy tan confuso que no puedo decir lo que quiero decir, Nástenka... yo la amaría, la amaría tanto que incluso si todavía usted lo amara a él, incluso si continuara amando a ese hombre que no conozco, usted nunca sentiría que mi amor es una carga. Solo sentiría a cada minuto que a su lado late un corazón agradecido, un corazón agradecido y cálido, por usted... ¡Oh, Nástenka! ¿Qué me ha hecho?

—No llore, no quiero que llore —dijo Nástenka levantándose rápidamente del banco—. Venga, levántese, venga conmigo, no llore, no llore —dijo, secándose las lágrimas con un pañuelo—. Vamos, tal vez le cuente algo... Si ahora me ha abandonado, si me ha olvidado, aunque todavía lo amo... no quiero engañarle... pero escuche, respóndame. Si yo lo amara a usted, por ejemplo; es decir, si yo... ¡Oh, amigo mío! Pienso en cómo lo herí antes, cómo me reí de su amor cuando lo alabé por no haberse enamorado de mí. ¡Dios mío! ¿Cómo es que no lo vi? ¿Cómo pude haber sido tan tonta? Pero... Bueno, ya me he decidido, se lo contaré todo...

—Mire, Nástenka, ¿sabe qué? Me iré, eso es lo que haré. No hago más que atormentarla. Ahora está arrepentida de haberse reído de mí, y no permitiré... además de su dolor... Por supuesto que es culpa mía, Nástenka, ¡adiós!

—Quédese, escúcheme. ¿Puede esperar?

—¿Para qué? ¿Por qué?

—Lo amo, pero lo superaré, debo superarlo, es imposible que no lo supere; ya lo estoy superando, siento que... ¿Quién sabe? Tal vez todo termine hoy porque lo odio, porque se ha burlado de mí, mientras usted ha estado llorando aquí conmigo, porque usted no me habría rechazado como él, porque usted me ama mientras que él nunca me ha amado, porque de hecho, yo lo amo a usted... ¡Sí, lo amo! Lo quiero como usted me quiere, ya se lo he dicho antes, usted mismo lo ha oído, lo amo porque es usted mejor que él, porque es más noble que él, porque él...

La emoción de la pobre muchacha fue tan violenta que no pudo decir más; apoyó la cabeza sobre mi hombro, luego sobre mi pecho, y lloró amargamente. La consolé, la persuadí, pero no podía dejar de llorar. Ella seguía apretando mi mano, diciendo entre sollozos:

—¡Espere, espere, en un minuto se acaba! Quiero decirle... no debe pensar que estas lágrimas... son solo de debilidad, espere hasta que acabe...

Por fin dejó de llorar, se secó los ojos y volvimos a caminar. Quería hablar, pero ella me rogó que esperara. Nos quedamos en silencio. Por fin se armó de valor y empezó a hablar.

—Mire —comenzó a decir con voz débil y temblorosa, en la que, sin embargo, había una nota que atravesó mi corazón con una dulce punzada—, no crea que soy tan liviana e inconstante, no crea que puedo olvidar y cambiar tan rápidamente. Lo he amado durante todo un año, y juro por Dios que nunca, nunca, ni siquiera en el pensamiento, le he sido infiel... Me ha despreciado, se ha reído de mí, ¡Dios lo perdone! Pero me ha insultado y ha herido mi corazón. Yo... yo no lo amo, porque solo puedo amar lo que es magnánimo, lo comprensivo, lo que es generoso, porque yo soy así y él no es digno de mí. Bueno, ya es suficiente. Ha sido mejor que si hubiera engañado mis expectativas después y me hubiera mostrado lo que era... Bueno, ¡se acabó! Pero, quién sabe, mi querido amigo —continuó, estrechándome la mano—, quién sabe si tal vez todo mi amor no era un sentimiento equivocado, una ilusión, algo que tal vez comenzó como una travesura, una tontería, porque mi abuela me vigilaba tan estrictamente. Tal vez debería amar a otro hombre, no a él, a otro hombre que se apiadara de mí y... y... Pero no digamos nada más sobre esto —se interrumpió Nástenka, sin aliento por la emoción—, yo solo quería decirle... quería decirle que, aunque lo amo a él... no, lo amaba... si a pesar de esto usted todavía diría... si siente que su amor es tan grande que puede por fin expulsar de mi corazón mis viejos sentimientos, si tiene piedad de mí, si no quiere dejarme sola a mi suerte, sin esperanza, sin consuelo, si está dispuesto a amarme siempre como ahora, entonces le juro que mi gratitud... que mi amor será por fin digno de su amor... ¿Me tomará la mano?

—¡Nástenka! —exclamé sin aliento por los sollozos—. ¡Nástenka, oh, Nástenka!

—¡Basta, basta! Bueno, ahora sí que es suficiente —dijo, casi sin poder controlarse—. Ahora ya está todo dicho, ¿no?

—¡Sí, Nástenka, sí! Ya basta de esto, ahora soy feliz, yo... Sí, Nástenka, hablemos de otras cosas, apresurémonos a hablar. Sí, estoy lista.

Y no supimos qué decir: reímos, lloramos, dijimos miles de palabras sin sentido e incoherentes; tan pronto caminábamos por la acera como luego, de repente, volvíamos y cruzábamos la calle; después nos deteníamos y volvíamos al terraplén; éramos como niños...

—Ahora vivo solo, Nástenka —comencé a decir—. ¡Pero mañana...! Ya lo sabe, Nástenka, soy pobre, solo tengo mil doscientos rublos, pero eso no importa...

—Por supuesto que no, y la abuela tiene su pensión, así que no será una carga. Debemos llevarnos a mi abuela.

—Por supuesto que debemos llevarnos a la abuela. Aunque también está Matryona.

—Sí, ¡y nosotras tenemos a Fiokla!

—Matryona es una buena mujer, pero tiene un defecto: no tiene imaginación, Nástenka, absolutamente ninguna; pero eso no importa.

—Está bien, pueden vivir juntas; pero mañana debe venir a vivir a nuestra casa.

—¿A su casa? ¿Cómo es eso? Está bien, estoy dispuesto.

—Sí, alquile una habitación con nosotras. Tenemos un piso superior, está vacío. Había una señora mayor alojada allí, pero se fue; y sé que a la abuela le gustaría tener a un hombre joven. Le dije: «¿Por qué un hombre joven?». Y ella dijo: «Oh, porque soy vieja, pero no vayas a creer, Nástenka, que lo quiero como marido para ti». Pero intuyo que era con esa idea...

—¡Oh, Nástenka!

Y ambos nos reímos.

—Bueno, ya es suficiente. ¿Dónde vive usted? Lo he olvidado.

—Por allí, cerca de uno de los puentes, en la casa de Barannikov.

—¿Es esa casa tan grande?

—Sí, esa casa tan grande.

—Oh, la conozco, es una bonita casa. Bueno, ya sabe que será mejor que la abandone y venga a la nuestra lo antes posible.

—Mañana, Nástenka, mañana mismo; debo un poco del alquiler allí, pero eso no importa. Pronto cobraré mi salario.

—¿Sabe? Tal vez yo dé clases; aprenderé y luego daré lecciones.

—¡Magnífico! Y yo pronto recibiré una bonificación.

—Entonces mañana será nuestro huésped.

—E iremos a ver *El barbero de Sevilla*, que pronto lo van a volver a representar.

—Sí, iremos —dijo Nástenka—. Pero será mejor que veamos otra, y no *El barbero de Sevilla*...

—Muy bien, por supuesto que será mejor, no lo había pensado.

Mientras hablábamos, caminábamos en una especie de delirio, en una especie de ebriedad, como si no supiéramos lo que nos estaba pasando. Nos deteníamos y hablábamos largo rato en el mismo lugar; luego volvíamos a andar de nuevo y Dios sabe adónde íbamos; y de nuevo lágrimas, y de nuevo risas. De repente Nástenka quería volver a casa y yo no me atreví a detenerla y quise acompañarla hasta la puerta; nos pusimos en camino y al cabo de un cuarto de hora nos encontramos en el terraplén, junto a nuestro banco. Entonces suspiró y las lágrimas volvieron a brotar de sus ojos. Yo me cohibí y sentí escalofríos de consternación... Pero ella me apretaba la mano y me obligaba a caminar, a hablar, a charlar como antes.

—Ya es hora de que por fin esté en casa, creo que debe ser muy tarde —dijo finalmente Nástenka—. Basta de chiquilladas.

—Sí, Nástenka, solo que esta noche no dormiré, no volveré a casa.

—Yo no creo tampoco que vaya a dormir. Pero acompáñeme.

—¡Por supuesto!

—Solo que esta vez llegaremos a la casa.

—Debemos, debemos.

—¿Palabra de honor? Porque sabe que uno debe regresar a casa algún día.

—Palabra de honor —respondí riendo.

—Bueno, vamos.

—¡Vamos!

—Mire el cielo, Nástenka. ¡Mire! Mañana será un hermoso día; ¡qué cielo más azul!, ¡qué luna! Mire, esa nube amarilla la cubre ahora, ¡vea, vea!... No, ya pasó de largo. ¡Mire!

Pero Nástenka no miró la nube; se quedó muda, como convertida en piedra. Un minuto después se acercó tímidamente a mí. Su mano temblaba en la mía, la miré. Se apretó aún más contra mí.

En ese momento pasó un joven por nuestro lado. De repente se detuvo, nos miró fijamente y luego volvió a avanzar unos pasos. Mi corazón empezó a temblar.

—¿Quién es, Nástenka? —dije en voz baja.

—Es él —respondió ella en un susurro, acercándose aún más a mí, aún más trémula... Yo apenas podía mantenerme en pie.

—¡Nástenka, Nástenka! ¡Eres tú! —Escuché una voz detrás de nosotros, y en ese momento el joven dio varios pasos hacia nosotros.

¡Dios mío, qué grito! ¡Cómo se estremeció ella! ¡Cómo se soltó de mis brazos y corrió a su encuentro!... Yo me quedé parado y los miré, completamente destrozado. Pero apenas le había dado la mano, apenas se había arrojado a sus brazos, cuando se volvió hacia mí, volvió a estar a mi lado en un instante y, antes de que yo me percatara, me rodeó el cuello con ambos brazos y me dio un beso cálido y tierno. Luego, sin decirme una palabra, corrió hacia él, lo tomó de la mano y lo arrastró tras ella.

Estuve mucho tiempo siguiéndolos con la mirada. Finalmente, los dos desaparecieron de mi vista.

MAÑANA

Mis noches terminaron con la mañana. Era un día lluvioso. La lluvia caía y golpeaba desconsoladamente el cristal de mi ventana. La habitación estaba oscura y la calle sombría. Me dolía la cabeza y estaba mareado, la fiebre se apoderaba de mis extremidades.

—Hay una carta para usted, señor; la trajo el cartero —dijo Matryona inclinándose sobre mí.

—¿Una carta? ¿De quién? —exclamé, saltando de mi silla.

—No lo sé, señor. Mire bien, tal vez esté escrito ahí.

Rompí el sello. ¡Era de ella!

* * * * *

¡Oh, perdóneme, perdóneme! ¡Le ruego de rodillas que me perdone! Lo engañé a usted y a mí misma. Fue un sueño, un espejismo... Hoy me duele el corazón tanto por usted, ¡perdóneme!

No me culpe, porque yo en nada he cambiado. Le dije que lo amaría, y ahora lo amo, lo amo mucho más. ¡Oh, Dios mío! Si tan solo pudiera amarlos a ambos. ¡Oh, si fuera usted él!

«¡Oh, si fuera usted él!», resonó en mi mente. ¡Recordé sus palabras, Nástenka!

¡Dios sabe lo que haría por usted! Sé que está sombrío y triste. Lo he herido, pero sabe usted que, cuando uno ama, un mal se olvida pronto. Y usted me ama.

¡Gracias, sí, gracias por ese amor! Porque vivirá en mi memoria como un dulce sueño que perdura mucho tiempo después del despertar; porque recordaré para siempre aquel instante en que me abrió su corazón como a un hermano y con tanta generosidad. Aceptó el regalo de mi corazón destrozado para cuidarlo, acariciarlo y sanarlo... Si me perdona, su recuerdo será para mí exaltado por un sentimiento de gratitud eterna que nunca se borrará de mi alma... Atesoraré ese recuerdo, seré fiel a él, no lo traicionaré, no traicionaré a mi corazón, es demasiado constante. Ayer volvió tan rápidamente a aquel al que siempre perteneció.

Nos encontraremos, vendrá a nuestra casa, no nos abandonará, será para siempre un amigo, un hermano para mí. Y cuando me vea me dará la mano... ¿verdad? Me la dará. A mí me ha perdonado, ¿no? ¿Me ama como antes?

Oh, ámeme, no me abandone, porque lo amo tanto en este momento, porque soy digna de su amor, porque lo merezco... mi querido amigo. La semana que viene me caso con él. Ha vuelto enamorado, nunca me ha olvidado. No se enoje por lo que escribo sobre él. Quiero ir a verlo con él; le gustará, ¿no?

Perdónenos, recuerde y ame a su

Nástenka

*****

Leí esa carta una y otra vez durante mucho tiempo; las lágrimas brotaron de mis ojos. Finalmente se me cayó de las manos y escondí mi rostro.

—Oiga, señorito —comenzó a decir Matryona.

—¿Qué pasa, Matryona?

—He quitado todas las telarañas del techo; ahora puede hacer una boda o dar una fiesta.

Miré a Matryona. Todavía era una anciana vigorosa y joven, pero no sé por qué de repente me la imaginé con los ojos apagados, el rostro arrugado, encorvada, decrépita... No sé por qué de repente me imaginé que mi habitación había envejecido tanto como Matryona. Las paredes y los pisos parecían descoloridos, todo parecía sucio, las telarañas eran más abundantes que nunca. No sé por qué, pero cuando miré por la ventana me pareció que la casa de enfrente también se había vuelto vieja y sucia, que el estuco de las columnas se estaba desconchando y desmoronando, que las cornisas estaban agrietadas y ennegrecidas, y que las paredes, de un vivo color amarillo intenso, se cubrían de manchas.

Quizá fuera un rayo de sol que de repente asomaba por un momento entre las nubes y se ocultaba de nuevo tras un velo de lluvia, volviéndose todo lúgubre ante mis ojos. O tal vez todo el panorama de mi futuro pasara ante mí triste y amenazador, y me viera tal como era ahora, exactamente dentro de quince años, mayor, en la misma habitación, igual de solitario, con la misma Matryona, que no se había vuelto más inteligente en aquellos quince años.

¡Pero imaginar que te guardo rencor, Nástenka! Que yo arroje una nube oscura sobre tu felicidad serena y tranquila; que con mis amargos reproches cause angustia a tu corazón, lo envenene con secretos remordimientos y lo obligue a palpitar de angustia en el momento de la dicha; que aplaste una sola de esas tiernas flores que tenías entrelazadas en tus oscuras cabelleras cuando te dirigías con él al altar... ¡Oh, nunca, nunca! ¡Que tu cielo esté despejado, que tu dulce sonrisa sea brillante y tranquila, y que seas bendecida por ese momento de dichosa felicidad que le diste a otro corazón solitario y agradecido!

¡Dios mío, todo un momento de felicidad! ¿Es eso demasiado poco para toda la vida de un hombre?

Fiódor Dostoievski

(1821-1881)

Fiódor Dostoievski nació en Moscú (Rusia), el 11 de noviembre de 1821. Novelista y principal escritor de la Rusia zarista, sus obras forman parte del realismo literario y han influido en los grandes autores contemporáneos por su profundidad psicológica.

Su infancia se vio marcada por la actitud violenta y autoritaria de su padre, quien tras la muerte de su esposa por tuberculosis en 1837 cayó en una profunda depresión y en el alcoholismo. Tras este acontecimiento es enviado a la Escuela de Ingenieros Militares de San Petersburgo. En 1839 fallecería su padre, culpándose Dostoievski de su muerte por haberla deseado en numerosas ocasiones. Este sentimiento de culpabilidad lo perseguiría de por vida, pudiendo ser la causa que intensificara la epilepsia que padecía.

Termina sus estudios en 1843 y se incorpora a la Dirección General de Ingenieros en San Petersburgo, pero paralelamente realiza traducciones para ganar algún dinero. Estas tareas de traducción despiertan su interés por la literatura, tomando la decisión en 1845 de abandonar su empleo y dedicarse a la escritura de la que sería su primera novela: *Pobres gentes* (1846). Pese a la exitosa acogida que tuvo su ópera prima, las novelas que publicó en años consecutivos no fueron bien recibidas por la crítica, lo que sumió al escritor en una profunda depresión y lo llevó a acercarse a un grupo clandestino de intelectuales.

Su pertenencia a este grupo, conocido como Círculo Petrashevski, determina su detención en 1849, siendo acusado de conspirar contra el zar Nicolás I y condenado a la pena de muerte. En el último momento, esta pena le fue conmutada por cinco años de trabajos forzados en Siberia y una obligada reinserción al Ejército. Esta etapa de su vida lo perturbó profundamente, aunque encontró la felicidad junto a una viuda, quien se convertiría en su esposa en 1857. Su vuelta a Rusia en 1859 le permite retomar la escritura, recuperando su notoriedad literaria con *Recuerdos de la casa de los muertos* (1861).

Las muertes de su hermano y su mujer en 1864 lo hundieron en la depresión y la ludopatía, generándole enormes deudas. Sin embargo, es en esta época cuando escribe las novelas que lo consagraron como escritor: *Crimen y castigo* y *El jugador*, ambas publicadas en 1866. Un año después contrae matrimonio con su mecanógrafa y se instala en Europa, donde residirá durante cinco años y tendrá cuatro hijos. A su vuelta a Rusia trabaja en la redacción del semanario *El Ciudadano* y escribe la que sería su última novela: *Los hermanos Karamázov* (1880). Meses después, el 9 de febrero de 1881, fallecería en San Petersburgo con 60 años a causa de una hemorragia pulmonar vinculada a un ataque epiléptico.

ÍNDICE

Este libro se terminó de editar en Granada
en junio de 2024 por

Aliarediciones

www.aliarediciones.es
info@aliarediciones.es